펫풋

일러두기

국립국어원의 표기 원칙을 따르되, '펫폿' 등 몇몇 단어는 작품 내 고유 명사로 취급하여 관용적인 표기법을 사용하였습니다.

차례

식덕 · 7
소룡이 · 12
증발 · 24
첫 구매 · 34
파종 · 42
호빵이 · 49
해킹 · 58
매몰 · 67
폐기 · 75
변화 · 88
여름 · 93
반란 · 100
나침반 · 110

실종 · 119
빅풋 · 128
딜 · 143
비명 · 157
재난의 아침 · 165
핸슨 · 177
숲속으로 · 188
검은 비 · 198
히드노라 · 207
비상계단 · 220
책임 · 226
두 달 후 · 240
작가의 말 · 245

식덕

땡 소리와 함께 19층에서 엘리베이터 문이 열렸다. 약간 큰 교복을 입은 재윤은 병에 든 두유를 마시며 내렸다. 등에는 말차색 백팩을 메고 왼손에는 이마트 부직포 가방을 든 채 회색 계단을 걸어 올랐다. 발을 옮길 때마다 가방 안에서 모종삽과 호미가 부딪쳐 둔탁한 쇳소리를 냈다.

재윤은 멀쩡한 문 대신 좁은 창문 틈으로 몸을 욱여넣었다. 어깨에 익숙한 통증이 느껴졌다. 옥상으로 나오자마자 아침 특유의 찬 바람이 얼굴을 스쳤다. 창문을 빠져나오며 흘린 땀이 금세 식었다. 며칠 전 과학 시간에 배운 시베리아 기단이 떠올랐다. 재윤은 교복 재킷 주머니에 차가워진 손을 찔러 넣었다.

옥상 출입구 모퉁이를 돌자 줄곧 굳어 있던 재윤의 얼굴이 환해졌다. 그곳에는 재윤이 지난 한 달 동안 일군 작은 텃밭이 있었다. 정확히는 텃밭이라기보다는 스티로폼 화분을 모아 놓은 것에 불과했지만.

토마토 줄기는 어제보다 더 길어졌고, 루콜라 잎의 초록빛은 한층 짙어졌다. 바질은 적심(초목의 곁순을 잘라 내는 일)할 만큼 자라 있었다. 상추와 고추를 심은 상자 옆으로 에케베리아, 천손초, 리톱스 등 앙증맞은 다육 식물들이 옹기종기 모여 햇볕을 쬐고 있었다. 바람이 불자 식물들이 재윤에게 인사하듯 몸을 기울였다.

"모두 잘 잤어?"

재윤은 '식덕', 식물 덕후다. 초등학교 3학년 때 식물 키우기 대회에 나갔다가 원예에 대한 재능을 발견했다. 재윤의 봉선화는 다른 아이들의 것보다 두 배나 컸고, 그 덕분에 대회에서 대상을 받았다. 이후 재윤은 가드닝의 매력에 푹 빠졌다.

재윤이 키우는 식물은 아메바가 분열하듯 늘어나더니 마침내 엄마의 화분보다 훨씬 많아졌다. 그 때문에 베란다는 발 디딜 틈도 없게 됐다. 새로운 공간이 필요했던 재윤이 발견한 곳이 바로 옥상이었다. 마침 먹을 수 있는 채소도 키우고 싶던 참이었다.

흙 위로 잡초가 고개를 빼꼼 내밀고 있었다. 재윤은 블루투스 스피커로 아바(ABBA)의 〈더 위너 테이크스 잇 올(The Winner Takes It All)〉을 틀어 놓고 호미를 움켜쥐었다. 그러고는 잡초를 뽑으며 노래를 크게 따라 불렀다. 교실에서는 결코 볼 수 없는 모습이었다. 재윤에게는 이 옥상만이 온전한 자신만의 공간이었다.

재윤은 부직포 가방에서 복합 비료를 꺼냈다. 비료를 흙 위에 뿌리며 구슬 아이스크림을 먹고 싶다는 여유로운 생각을 했다. 곧 재윤의 시선이 옥상 반대편으로 향했다. 대형 배기구 앞에 초록색 무더기가 보였다. 노는 애들이 담배꽁초나 빈 술병을 옥상에 버리는 일은 자주 있었지만, 버려진 식물을 본 것은 이번이 처음이었다.

재윤은 식물 더미로 걸음을 옮겼다. 식물의 종류는 라일락부터 튤립까지 무척 다양했다. 대부분은 기존 종보다 훨씬 작았고, 뿌리에는 흙 대신 젤리 같은 점액질이 묻어 있었다. 생명 공학적 개선을 통해 만들어진 유전자 변형 반려 식물, '펫폿'이었다.

재윤은 초등학생 때 신문 활용 교육(NIE) 수업에서 펫폿에 대한 기사를 발표했던 걸 떠올렸다. 펫폿은 한국의 게임 기업 펙스가 미국의 농·화학 기업 나트레 플랜트 사이언스와 협업해 어디서나 들고 다니는 관상용 식물을 목표로 만든 제품이다. 몇 년 전부터 식물을 어깨에 걸치고 다니는 사람들을 보며 '별 특이한 유행이 다 있네'라고 생각했는데, 알고 보니 그게 펫폿이었다.

펫폿이 막 출시됐을 때, 사람들의 반응은 별로 신통치 않았다. 엄마도 "저런 걸 어깨에 걸고 다니면 흙을 여기저기 흘리고 다닐 거 같네"라며 혀를 찼으니까.

그런데 어느 날, 한 걸 그룹 멤버가 '크리스털 플라티나 로즈'라는 장미 형태의 펫폿을 어깨에 걸고 인천 국제공항에 나타났다.

팬들은 그 모습에 귀엽다며 열광했다. 재윤도 그 무렵부터는 펫폿을 보며 '나쁘지 않네'라고 느꼈다.

우스꽝스럽게만 보였던 펫폿은 곧 사람들에게 '힙한 것'으로 인식됐다. 다들 나중에야 연예인에게 상품을 제공해 광고 효과를 노리는 회사의 전략이라는 것을 깨달았다.

재윤은 무릎을 꿇어 반쯤 시든 블루벨 하나를 조심스레 안았다. 회보랏빛 꽃잎의 차갑고 눅눅한 촉감이 손가락에 전해졌다. 잎은 곧 바스러질 것 같았고, 줄기는 샛노랗게 변해 있었다. 아마 주인이 원하는 펫폿으로 자라지 않아 버려진 것 같았다.

펫폿의 인기는 어떤 식물이 자랄지 예측할 수 없는 무작위성에 있다. 희귀하고 예쁜 펫폿이 나오면 명품 백처럼 남들에게 보여주고 싶은 자랑거리가 되지만, 흔한 것이 나오면 야산, 공터, 쓰레기통 등에 버려졌다. 원하는 캐릭터 스티커가 나오지 않아 버려진 빵처럼.

재윤은 품에 안긴 블루벨을 내려다보며 스티로폼 화분으로 걸어갔다. 다시 싸늘한 바람이 불었고, 블루벨은 가는 꽃잎을 파르르 떨었다. 알량한 동정심일지도 모르지만, 그 작은 식물이 너무 안타까웠다. 재윤은 화분의 빈 공간에 블루벨을 옮겨 심고 물과 약간의 비료를 줬다.

재윤이 옥상 출구를 향해 걸어 나가며 방치된 식물 더미를 바라봤다. 스티로폼 화분에는 더 이상 저들을 위한 공간이 없었다.

등을 돌리자 거센 바람이 불었다. 축 처진 분홍색 백합 펫폿이 바닥에 나뒹굴었다. 재윤의 시선은 한동안 거기에 멈춰 있었다.

  그때는 몰랐다. 머지않아 재윤 자신도 펫폿들을 버린 사람들과 똑같은 행동을 하게 되리란 걸.

소룡이

교실은 점심시간 특유의 나른한 햇볕으로 차 있었고, 아이들은 그에 굴하지 않고 삼삼오오 모여 떠들고 있었다. 재윤은 북새통 한가운데에서 몬스테라 알보를 세밀화로 그리고 있었다. 그림을 그릴 때 무아지경에 빠지는 특유의 느낌을 좋아했다.

재윤이 노란색 색연필을 꺼내는데 그림 위로 그림자가 드리워졌다.

"잎에 난 하얀 무늬가 특이하네. 이건 무슨 펫풋이야?"

매일 듣지만 어딘가 낯선 목소리. 천천히 고개를 든 재윤의 눈이 곧 커졌다.

상상하지도 못한 얼굴. 바로 이주경이었다. 주경의 무쌍 눈, 주근깨가 잔뜩 박힌 볼, 호기심을 잔뜩 머금은 입이 씰룩거렸다.

"펫풋 아니야. 식물이야. 몬스테라 알보."

재윤은 놀란 기색을 감추며 애써 무뚝뚝하게 답했다.

"왜 펫폿이 아니라 그냥 식물을 그려? 펫폿이 훨씬 예쁜데."

주경은 재윤의 반응에 아랑곳하지 않았다.

재윤이 그림 속 몬스테라 알보를 가리켰다.

"그냥 식물도 예뻐. 엽록소가 없어서 하얀 무늬가 생긴 거야. 인위적으로 비슷하게는 만들 수 있겠지만, 이런 랜덤한 무늬는 자연만이 만들 수 있는 거야." 재윤은 차분히 말을 이어갔다. "다 각각의 아름다움이 있는 거고, 난 그냥 식물을 가장 좋아하는 것뿐이야."

"너 말할 줄 아는구나. 항상 말 없길래 묵언 수행이라도 하는 줄."

주경이 재윤을 바라보며 눈을 반짝였다. 그러고는 앞자리에 앉아 재윤이 그림을 그리는 모습을 한참 동안 조용히 구경했다. 재윤은 그런 주경이 불편한 듯 힐끔거렸다.

"이 그림 나 주면 안 돼? 내 방에 붙여 놓게."

이제 재윤의 책상에 아예 엎드린 주경이 재윤을 올려다봤다.

"안 돼. 포트폴리오용으로 그리는 거야."

"오, 예고 가고 싶어서?"

재윤이 고개를 끄덕였다. 주경과 대화하는 것은 이번이 처음이다. 올해 주경과 처음 같은 반이 됐지만 좀처럼 대화할 기회도, 의지도 없었다.

주경이 곧장 본론을 꺼냈다.

"네가 우리 학교에서 식물 제일 잘 키우지? 초등학생 때부터 유명했다면서."

"키우는 걸 좋아하긴 해."

"그럼 내 펫폿 맡아 줄 수 있어? 펫폿도 일종의 식물이잖아."

"펫폿?"

재윤은 당황해 주경의 얼굴을 바라봤다. 농담하는 기색은 아니었다.

"나 펫폿 갖고 다니는 거 봤지?"

재윤은 얼마 전 하굣길에 펫폿을 어깨에 멘 주경을 보고 하나도 어울리지 않는다고 생각했다. 주경에게는 축구공이나 테니스 라켓이 들어 있는 스포츠용 더플백이 훨씬 잘 어울렸다.

"나 펫폿은 잘 모르는데……. 나한테 맡겨도 괜찮겠어?"

재윤은 오늘 아침 펫폿을 본 이후로 펫폿에 대한 호기심이 싹트고 있었다.

"당연하지. 너 식물 잘 키우잖아. 펫폿도 잘 키울 거야. 잠깐만."

주경은 자기 자리로 돌아가서 화분을 가져왔다. 화분에는 투명한 꽃봉오리가 맺히기 시작한 조약돌만 한 크기의 식물이 있었다. 줄기에는 앙증맞은 가시가 돋아 있었다.

"이게 뭐게?"

주경이 퀴즈를 하듯 물었다.

"장미? 잎 모양이 톱니바퀴처럼 생겼고, 가시가 있잖아. 잎이 선명한 걸 보니까 데이비드 오튼(David Orton)이 개량한 품종 같은데? 이거 혹시 플라티나 로즈……?"

"와, 어떻게 알았어? 돗자리 깔아도 되겠다."

주경의 입이 살짝 벌어졌다.

"펫폿이 유전자 변형 식물이라고는 하지만, 대부분 실제 식물을 기반으로 만들어지니까. 펫폿과 데이비드 오튼이랑 컬래버를 한 것은 알고 있었거든. 식물 업계에서 큰 뉴스였으니까."

"맞아, 플라티나 로즈는 거의 안 핀다고 하더라. 내가 이걸 피우려고 엄청 노력했거든. 그러느라 얼마나 많은 펫폿을 버렸는지……. 피워 내니 엄청 뿌듯하더라고."

주경은 플라티나 로즈를 흐뭇한 표정으로 내려봤다.

하지만 재윤은 주경의 눈을 피했다. "버렸다"라는 말에 옥상에 버려진 펫폿들이 떠올랐다.

"근데 왜 갑자기 펫폿을 맡아 달라는 거야?"

재윤이 빠르게 주제를 돌리자 주경은 어깨를 펴며 큰 목소리로 말했다.

"나 드디어 캐스팅 됐거든! 게다가 조연이다!" 하지만 목소리는 금방 작아졌다. "독립 영화인데……, 제주도 촬영이라서 한동안 소룡이를 돌볼 수가 없어."

"축하해. 근데…… 독립 영화면 액션 영화는 아니겠네?"

"어느 대학교 영화과 졸업 작품이래."

주경이 입꼬리를 올리며 손가락으로 재윤의 눈을 가리켰다.

"오! 나랑 한마디도 안 하길래 나한테 관심 없는 줄 알았는데. 웅큼하게 날 지켜보고 있었군?"

"항상 요란스럽게 학교 복도를 뛰어다니고, 펜스를 넘어 다니면 누구나 한 번쯤 너에 대해 의문을 갖지 않을까?"

재윤은 팔짱을 끼며 의자에 기댔다. 그 말에 주경은 호쾌하게 웃으며 재윤의 팔을 툭 때렸다.

주경은 배우 지망생이다. 재윤은 주경이 배우 지망생이라는 이야기를 처음 들었을 때 납득할 수가 없었다. 배우처럼 화려한 외모가 아니었기 때문이다. 하지만 지금 주경의 웃는 모습을 보니, 주경이 배우를 꿈꾸는 이유를 어렴풋이 알 것도 같았다.

재윤이 주경의 눈 살짝 아래를 바라봤다.

"왜…… 나야? 너 친구 많잖아."

주경이 고개를 가로저었다.

"내가 고생해서 키운 건데 내 친구 중에는 맡길 만한 사람이 딱히 없더라고. 너도 알겠지만, 내 친구들은 다 시끄럽고 산만하잖아. 그나마 이룬이가 침착한데, 걔는 이런 거 키우는 거 딱 질색이래서. 아, 너 1반 최이룬 알지?"

"응, 대충."

"암튼, 아까도 말했지만 네가 우리 학교에서 식물을 제일 잘 키우잖아. 성격도 침착해 보이고."

삐삐삐―.

갑자기 화분에서 비프음이 세 번 울렸다.

"무슨 소리야?"

재윤은 휘둥그레진 눈으로 펫폿을 바라봤다.

"별거 아냐. 보통 펫폿이 자신의 욕구를 표현할 때 알람이 울리거든. 그럴 때는 화분에 있는 화면을 확인하면 돼."

LCD 화면 안에는 펫폿과 같은 모양의 2D 도트 캐릭터가 쓸쓸한 듯 방 한구석에 앉아 있었다.

"외롭나 봐. 이럴 때는 잎을 천천히 쓰다듬어 주면 돼. 해 봐."

재윤은 펫폿의 잎을 조심스레 쓰다듬었다. 펫폿은 처음에는 아무 반응도 보이지 않았지만, 곧 꽃받침을 살랑살랑 흔들었다.

"움직인다! 꽃이 움직여!"

"쉿. 조용히 말해. 곧 잠들 거야."

재윤이 계속 쓰다듬자 잎이 미세하게 떨리더니 이내 평온해졌다. LCD 화면의 캐릭터도 '……zZZ'라는 글자를 띄우며 잠든 상태로 바뀌었다.

"잠든 거야?"

"응, 쉽지? 비프음이 들리면 LCD 화면의 반응을 보고 애를 돌봐 주면 돼. 비프음이 크면 클수록 더 급한 요구가 있다는 뜻이야. 횟수도 의미가 있는데 그건 나중에 알려 줄게."

소룡이

그때 교실 밖에서 주경을 부르는 소리가 들렸다. 주경의 베프인 최이룬이었다. 고양이처럼 올라간 눈매를 문밖에서 빼꼼 내밀고 있었다.

"금방 갈게!"

이룬에게 외친 뒤, 주경은 재윤의 눈을 똑바로 쳐다봤다.

"우리 소룡이 잘 부탁해!"

"소룡이? 얘 이름이야?"

"응, 이소룡 몰라? 브루스 리!"

주경은 "아뵤오!"라고 말하며 이소룡 포즈를 흉내 냈다. 그런 뒤 재윤의 손에 소룡이를 꽉 쥐여 줬다.

"고마워! 촬영 끝나고 꼭 보답할게!"

그러고는 요란스럽게 뛰어 교실을 떠났다. 재윤은 얼이 빠진 표정으로 소룡이를 내려다봤다.

"……아직 내가 맡겠다는 소리는 안 했는데."

재윤은 수업 시간 내내 소룡이를 바라봤다. 크기는 작았지만 진짜 장미와 거의 똑같았다. 아직 작게 꽃봉오리만 생긴 상태인데도 그 자체로 완성된 아름다움이 있었다.

삐삐—.

비프음이 두 번 울렸다.

판서하던 선생님이 한숨을 크게 쉬었다.

"방해 금지 모드 켜. 저놈의 화분 소리 때문에 귀에 피 나겠다."

책상에 펫폿을 올려 둔 몇몇 아이가 화분을 만지작거렸다. 재윤도 다급하게 화분의 방해 금지 모드 버튼을 찾아 눌렀다.

LCD 화면을 확인하니 소룡이가 목이 마르다고 울고 있었다. 재윤은 가방에서 텀블러를 꺼내 화분에 부었다. 자주색 젤리 사이로 물이 서서히 스며들었다. 소룡이는 기분이 좋다는 듯이 잎을 살랑살랑 흔들었다.

재윤이 피식 웃었다. 바보 같기도 한데, 귀여웠다.

종례가 끝나자마자 재윤은 2학년 1반으로 뛰어갔다. 가장 친한 친구인 우홍래와 김민하가 있는 반이다.

달려가는 재윤의 어깨 아래에서 펫폿 가방 속 소룡이가 달랑달랑 흔들렸다. 가방은 비건 레더로 된 홀더에 펫폿을 넣을 수 있게 만들어진 구조다. 재윤이 '레옹'처럼 화분을 그냥 들고 다니자, 보다 못한 주경이 펫폿 가방을 빌려줬다.

교실에서 나온 우홍래와 김민하가 재윤을 보자마자 양손을 번쩍 들며 반겼다. 재윤 어깨의 소룡이를 발견한 민하가 물었다.

"와, 모재윤! 그거 뭐야? 너 드디어 펫폿파로 전향한 거냐? 내 '스타 캑터스'에게도 친구가 생겼네!"

그러면서 자기 어깨에 걸린 선인장을 가리켰다.

스타 캑터스는 보검 선인장을 노넬로 만든 셋폿이다. 민하는 원래부터 펫폿을 키우고 있었고, 재윤에게도 같이 키워 보자며 몇 번 권한 적이 있다. 하지만 재윤은 매번 "집에서 키우는 식물만으로 충분해"라며 거절해 왔다.

"내 거 아니야. 잠시 맡은 거야."

"누가 맡긴 거야?"

민하가 가방에서 꺼낸 감자칩 봉지를 기분 좋게 뜯었다.

"이주경."

놀란 민하는 감자칩을 반쯤 씹다 떨어뜨렸다.

"헐……, 그, 이주경? 무슨 게임에서 만난 애가 아니라…… 진짜 이주경 맞지?"

아닌 게 아니라 어딘가 비현실적인 조합이었다. 한 명은 복도에서 파쿠르를 하고, 다른 한 명은 말없이 식물만 그리는 애니까.

"너 이주경이랑 뭐 있냐."

둘의 대화를 가만히 듣던 홍래가 말했다.

"있겠냐? 걘 파워 인싸고, 난 파워 아싼데. 그림 그리고 있는데 다짜고짜 이걸 맡기더라고. 이름이 소룡이래."

재윤은 소룡이를 들어 아이들에게 보여 줬다. 소룡이가 인사하듯 작은 꽃망울을 살짝 숙였다.

"와……, 소룡아, 너 짱 귀엽다. 좀 있음 꽃 피겠네?"

민하가 말했다.

"넌 저게 귀엽냐. 가만히 있어야 식물이지. 으으……, 저게 움직이는 모습을 볼 때마다 소름 끼쳐."

소룡이를 곁눈질로 보던 홍래가 몸서리를 쳤다. 홍래는 펫폿 같은 정적인 취미보다 혼자 산에서 운동하는 것을 더 좋아한다.

"펫폿의 세계에 온 것을 환영한다."

민하가 감자칩 가루가 잔뜩 묻은 손으로 재윤에게 하이 파이브를 하려 했다. 재윤은 그 손을 가볍게 피했다.

"앞으로도 펫폿을 키울 생각은 딱히 없어. 사람들이 왜 펫폿을 키우나 궁금해서 이번에만 맡은 거야."

셋은 교문 밖을 빠져나왔다. 펫폿을 메고 있는 아이들이 꽤 많이 보였다. 아직 중학생인 만큼 저렴한 꽃나무나 관엽 식물을 키우는 애들이 많았다.

민하가 소룡이를 가까이 들여다봤다.

"그러고 보니 소룡이는 무슨 종이냐? 장미 같긴 한데……. 꽃봉오리만 있는 상태라서 구분이 안 되네."

"이거? 플라티나 로즈라던데."

"오, 그럼 최소 레어 등급이네. 플라티나 로즈라고 다 같은 게 아니야. 더 높은 등급도 있거든."

재윤이 고개를 갸우뚱거렸다.

"레어? 그건 또 뭐야? 무슨 스테이크 굽기 정도야? 미디엄도 있겠네."

민하가 작게 한숨을 쉬었다.

"야, 넌 그것도 모르냐? 게임 아이템 보면 다 등급 있잖아. 일반, 레어, 슈퍼 레어, 전설, 신화. 몰라? 그건 상식이야."

"난 그런 복잡한 게임 안 해."

"어휴, '캔디 크러시 소다'만 하는 네가 그 세계를 이해할 리가 없지." 민하가 소룡이를 가리키며 말을 이어 갔다. "그거 최소 오만 원은 깔고 가는 펫폿이야. 뽑은 애들 거의 없어."

재윤은 여전히 이해가 되지 않는 눈치였다. 홍래는 이 대화가 지루한 듯 크게 하품을 했다.

"잠깐만. 펫폿피디아 돌려 보자. 그게 제일 정확해."

민하는 휴대폰을 터치해 펫폿피디아 앱을 켰다. 그러고는 카메라 렌즈를 소룡이에게 갖다 댔다. 로딩 바가 뜨면서 'AI 분석 중'이라는 상태창이 떴다.

휴대폰 화면에 노란 불꽃이 터졌다. 폭죽 이펙트와 함께 '전설급 등장!'이라는 글자가 요란하게 번쩍였다. 2D 소룡이 캐릭터가 춤을 췄다.

"야, 크리스털 플라티나 로즈잖아……. 레전더리! 진짜 미친 거 떴네!"

민하가 작은 눈을 크게 떴다. 아직 꽃봉오리만 있는 상태지만, 분명 크리스털 플라티나 로즈가 맞았다. 하지만 펫폿에 문외한인 재윤과 홍래는 민하의 호들갑이 전혀 이해되지 않았다.

"이거 엄청 비싼 거야. '크플로'는 흔치 않아서 당근마켓에도 잘

안 올라와. 펫폿 전용 리셀 숍에만 올라오는데 최소 가격이 무려 삼백만 원이야. 아주 드물게 천만 원짜리가 나오기도 하고."

민하가 침을 튀기며 설명했다.

"진짜? 이주경이 이걸 키우려고 엄청 노력했다는 이야기는 들었는데, 이렇게 비싼 건 줄은 몰랐어……."

재윤이 소룡이를 내려다봤다. 갑자기 어깨에 케틀 벨을 멘 것처럼 화분이 무겁게 느껴졌다.

증발

 그날, 재윤은 쉽게 잠들 수 없었다. 잠시 맡은 것뿐이지만 이렇게 비싼 물건을 가져 본 것은 난생처음이었다.
 도무지 잠이 안 와서 휴대폰을 꺼내 든 재윤이 유튜브 검색 창에 크리스털 플라티나 로즈를 입력했다. '크플로 100퍼센트 키우는 법' '펫폿 티어 리스트' '펫폿 백만 원어치 심기! 크플로 나올 때까지' 같은 영상이 우르르 떴다. 전부 조회 수가 백만이 넘어갔다. 머리가 아찔했다.
 재윤은 휴대폰을 엎어 두고 눈을 감았다. 발바닥이 뜨거워 잠이 오지 않았다.

 소룡이 때문에 잠을 설친 재윤은 몽롱한 채 젊음의 거리로 향했다. 중간고사가 끝난 기념으로 홍래, 민하와 함께 아이스 링크로 놀러 가기로 한 날이었다.

셋은 마라샹궈를 먹고 코인 노래방에 갔다. 재윤은 소룡이를 꼭 안은 채로 아이들이 노래하는 모습을 가만히 지켜봤다. 시내를 걷는 내내 불안한 듯 주위를 둘러봤다. 사람들의 시선이 소룡이에게 잠시라도 머물면 소룡이를 숨기려는 듯 끌어안았다.

"그렇게 불안하면 집에 두고 오지. 왜 굳이 밖에 갖고 나온 거야?"

민하가 핀잔하듯 물었다.

"집에 도둑이라도 들면 어떡해……."

재윤이 말끝을 흐렸다. 보다 못한 홍래가 말했다.

"지금 네 어깨에 걸려 있는데 뭐가 불안하냐? 여긴 한국이야. 노트북을 두고 화장실에 가도 아무도 안 훔쳐. 만약 누가 훔쳐 가면, 내가 전력으로 뒤쫓아서 붙잡을게."

그러고는 자신만 믿으라는 듯 자기 가슴을 주먹으로 툭 쳤다.

재윤은 홍래의 말에 조금 마음이 놓였다. 홍래는 중학교 2학년이지만 벌써 키가 185센티미터다. 팔뚝은 재윤의 머리통만 하고, 코밑에는 거뭇하게 수염이 자라고 있다.

셋은 아이스 링크가 있는 2002 타워까지 걸어가기로 했다. 거리에는 펫폿을 어깨에 메고 다니는 사람이 흔하게 보였다. 재윤과 민하는 펫폿을 가진 사람 중 한 명일 뿐이었다. 아직 꽃봉오리 상태인 소룡이가 크리스털 플라티나 로즈라는 것을 알아보는 사람은 없는 것 같았다.

"거봐. 아무도 너한테 관심 없잖아. 걱정하지 마."

홍래가 재윤의 어깨를 툭 쳤다.

셋은 2002 타워로 이어지는 천명산 산책로를 걸었다. 조금 쌀쌀했지만, 숨을 들이쉴 때마다 맑은 공기가 콧속 깊이 스며들었다. 폐 깊은 곳에 있는 불안감까지 씻겨 내려갈 것만 같았다.

산책로는 세 사람 모두에게 익숙한 길이다. 천명산은 초등학생 시절부터 수없이 체험 학습을 온 장소이기 때문이다. 타워 옆에는 오래된 테마파크가 하나 있는데, 그곳도 용원 시민이라면 누구나 한 번쯤 들르게 되는 곳이다.

재윤은 어깨에 걸린 소룡이를 걱정스러운 표정으로 내려다봤다. 소룡이는 깊이 잠들어 있었다.

"……소룡이 있잖아, 사물함에 넣어 놔도 괜찮을까?"

"당연히 괜찮지. 열쇠로 잠그잖아."

홍래가 기계적으로 재윤을 달랬다.

"그래도, 사물함을 부수고 소룡이를 가져갈 수도 있잖아! 데스크 직원에게 맡기는 게 낫지 않을까?"

재윤이 불안한 듯 소룡이를 양손으로 꽉 안았다.

"직원에게 맡겨도 어차피 넌 계속 불안해할 거야. 그 직원이 진짜 직원이 아니라 네 펫못을 노리는 사람이 변장한 거라고 생각하면서."

"그것도 그래."

"그러니까 네가 잘 갖고 있다가 사물함에 넣으면 돼."

홍래는 가방끈을 꽉 붙잡고 있는 재윤의 손을 가볍게 쳤다.

산책로의 경사는 점점 가팔라졌고, 셋의 숨소리는 거칠어졌다. 민하가 이마의 땀을 닦으며 눈을 찡그렸다.

"천명산 정기 받아, 펼쳐진 터에~ 새 사람 키우고~."

그러고는 고통을 잊으려는 듯 교가를 부르기 시작했다. 두 사람도 별생각 없이 따라 불렀다.

몇 곡을 더 부르니 나무 사이로 뾰족한 탑이 모습을 드러냈다. 전망대 유리는 햇빛에 반사되어 하얗게 빛났고, 빨간색 안테나가 하늘을 찌르듯 솟아 있었다.

셋은 타워 2층에 있는 아이스 링크로 향했다. 안으로 들어서자 정빙기 한 대가 빙판을 매끄럽게 다듬으며 아이스 링크 위를 느릿하게 돌아다니고 있었다. 수많은 사람이 대기실에 복작대고 있어 그들에게 둘러싸인 재윤은 숨이 턱 막히는 것만 같았다.

"모재윤, 너 괜찮냐? 디멘터에게 영혼이라도 빨린 거 같은데."

민하가 우려스러운 표정으로 물었다.

"······괜찮아."

재윤이 식은땀을 닦았다. 괜찮지 않아도 여기까지 온 이상 별 도리가 없었다.

한 초등학교에서 현장 학습을 와 있어 스케이트를 빌리는 데만도 꽤 많은 시간이 걸렸다. 온 사방이 인파로 가득 차 지나가는 사람마다 재윤의 팔을 쳤다. 순간 가방끈을 놓칠 뻔한 재윤은 끈을 다시 꽉 붙잡았다. 초등학생들은 소리를 지르며 떠들었고, 재윤은 계속 눈살을 찌푸렸다. 낯빛은 빙판처럼 점점 하얘졌다.

겨우 스케이트를 빌린 재윤은 사물함을 향해 걸어갔다.

"모재윤! 왜 이렇게 오래 걸려? 어서 들어와."

홍래가 소리쳤다. 민하와 홍래는 이미 아이스 링크에 들어가 있었다.

"나 사물함에 짐만 넣고 갈게! 스케이트도 신어야 하고……."

빙판 정리가 끝나자 사람들이 물밀듯이 아이스 링크로 들어갔다. 다들 키가 작은 재윤이 보이지 않는지 재윤을 마구 밀쳐 냈다.

겨우 사물함에 도착한 재윤은 무거운 배낭을 축축한 바닥에 내려놨다. 그리고 소룡이가 든 가방을 오른쪽 어깨에서 빼내려고 했다. 그런데 순간 섬뜩한 기분이 들었다. 묵직해야 할 가방이, 이상하리만치 가벼웠다.

"응……?"

재윤은 가방을 더듬었다. 화분 대신 빳빳한 원단의 질감만 느껴졌다.

없었다.

소룡이가 없었다. 증발한 것처럼.

재윤의 심장이 덜컥 가라앉았다. 혹시 바닥에 떨어뜨렸나? 주변을 두리번거렸다. 하지만 소룡이의 그림자조차 없었다. 벤치에 앉아 짜장범벅을 먹고 있는 초등학생이 눈에 들어왔다.

"혹시 근처에서 화분 봤어? 아직 꽃이 피지 않은 장미인데."

"화분요? 그런 거 못 봤는데요."

입에 짜장을 묻힌 아이는 의아한 듯 고개를 기울였다. 재윤의 얼굴이 뜨거워지며 이마 위로 차가운 물방울이 맺혔다.

"여기서 화분 보신 분 있나요? 펫폿입니다!"

그 말을 들은 사람들이 주위를 한 번 쓱 둘러보더니 이내 각자의 일로 돌아갔다. 재윤은 입술을 꽉 깨물었다.

"무슨 일이야?"

심상치 않은 분위기를 눈치챈 홍래가 대기실로 돌아왔다. 그 뒤로 민하가 따라왔다. 재윤이 흐느꼈다.

"아무래도…… 소룡이를 잃어버린 거 같아. 방금까지 가방 안에 있었는데…… 사물함에 넣으려고 보니까 감쪽같이 사라졌어."

"아직 이 안에 있을 거야. 같이 찾아보자."

홍래가 침착한 목소리로 말했다.

셋은 한 시간 동안 아이스 링크를 비롯해 같은 층에 있는 푸드 코트까지 샅샅이 뒤졌다. 그러나 소룡이는커녕 나뭇잎 한 잎조차 찾을 수 없었다.

마지막으로 관리 사무소에 찾아갔으나 분실물 가운데 소룡이는 없었다. 홍래가 직원에게 CCTV를 확인할 수 있냐고 물었지만, 직원은 개인 정보 보호법 때문에 경찰 없이는 확인해 줄 수 없다고 했다. 결국 셋은 아무 성과 없이 타워 밖으로 나와야만 했다.

건물을 나오자 따스한 햇살이 쏟아졌다. 어찌나 정신이 없었는지, 재윤은 오늘이 토요일이라는 것조차 까마득하게 잊고 있었다.

타워 앞 공원은 무척 한산했다. 벤치에 앉아 있는 재윤과 민하 앞으로 젊은 부부가 유아차를 끌며 지나갔다. 홍래가 자판기에서 레쓰비를 뽑아 재윤과 민하에게 하나씩 건네줬다.

캔 뚜껑을 따는 재윤의 손이 덜덜 떨렸다. 재윤은 커피를 한 모금을 마신 뒤 긴 한숨을 쉬었다.

"……미안해."

"미안하긴 뭐가 미안해. 아까 네 말대로 소룡이를 데스크 직원에게 맡길 걸 그랬다."

홍래가 괜히 재윤의 신발 끝을 발로 툭툭 찼다.

누구 하나 먼저 걷자고 말하지 않았지만 세 사람은 발걸음이 닿는 대로 걸었다. 강감찬 장군 동상 앞을 지나갈 때쯤 재윤이 겨우 입을 뗐다.

"이주경한테 사실대로 말해야겠지? 돈도 주고."

"모재윤, 너 통장에 있는 돈까지 합해서 전부 얼마 있냐? 그거 비싸잖아."

홍래가 물었다.

"이번 달 용돈은 한 이십삼만 원 정도 남았고……. 세뱃돈으로 받은 삼십만 원까지 합하면, 오십삼만 원?"

"내 책임도 있으니까 오십만 원까지는 보태 줄 수 있어."

"넌 책임 없어. 그리고 네가 그 돈을 어떻게 받아. 너무 큰돈이야……."

재윤의 목소리가 줄어들었다.

"나 스쿠터 사려고 모은 돈 백만 원 정도 있어. 혹시 더 필요하면 내가 노가다라도 할게."

홍래가 양팔의 팔꿈치를 구부려 선명한 이두근과 전완근을 뽐냈다.

홍래는 새 스쿠터를 살 돈을 모으기 위해 가끔 건설 노동을 했다. 원래 만 15세 이하는 법적으로 건설 노동을 할 수 없지만, 홍래는 꽤 노안이다.

"그렇게까지 할 필요 없어. 네가 힘들게 모은 돈인데……. 지금은 비록 돈이 없지만, 집에 있는 화분 몇 개 팔면 괜찮을 거야. 옛날에 산 나무 몇 개가 수입 금지가 되면서 가격이 많이 올랐거든. 물론 별로 내키지는 않지만……."

삐삐—.

민하 어깨에 걸린 스타 캑터스가 물을 달라며 울었다.

"스타, 목말랐구나. 잠깐만……."

민하가 가방에 있는 생수를 꺼내 스타 캑터스에게 부었다. 스타 캑터스는 조약돌 하나 정도의 크기로, 수경의 플라티나 로즈와 비슷한 크기였다.

"선인장인데 물이 그렇게 필요해?"

홍래가 고개를 갸웃거리며 민하에게 물었다.

"물을 자주 줘야 슈팅 캑터스가 될 수 있거든. 지금은 일반 등급이지만, 슈팅 캑터스는 슈퍼 레어야."

그 모습을 본 재윤이 생각에 잠긴 듯 미간을 찌푸렸다.

"펫폿을 이 정도 키우는 데 보통 얼마나 걸려?"

"한 달 정도?" 민하가 답했다. "근데 부스트 팩을 주면 훨씬 빨리 자라. 그러면 일주일 안에 키울 수 있긴 해. 팩은 개당 칠만 원쯤? 좀 비싸긴 하지만⋯⋯."

그러자 재윤의 눈에 이전에 볼 수 없었던 의지가 스쳤다.

"어쩌면 가능할지도⋯⋯."

뭔가를 눈치챈 듯 홍래의 눈이 커졌다.

"와⋯⋯, 모재윤 너 천재냐?"

홍래와 재윤은 하이 파이브를 했다.

"뭔데? 뭔데? 너희만 알고! 나도 알려 줘!"

민하가 떼를 쓰듯 말했다. 홍래가 씨익 웃으며 입을 열었다.

"재윤이가 식물을 잘 키우잖아. 그러니까 직접 펫폿을 사서 크리스틴인가 뭔가를 키워 내면 되잖아. 소룡이 버전 투!"

"와⋯⋯, 맞네."

민하가 맞장구를 쳤다. 하지만 곧 고개를 갸웃거렸다.

"그런데, 네가 크플로를 키우고 싶다고 해서 반드시 자라는 것은 아니야. 리셀 가격이 삼백만 원이 넘는다는 건 그만큼 확률이 극악하다는 뜻이라고! 주경이가 그걸 키워 낸 건 실력도 있겠지만, 정말로 운이 좋았던 거야."

"괜찮아. 재윤이는 타고난 식물 천재잖아. 펫폿도 식물과 비슷하니까 잘 키울 수 있을 거야."

홍래는 재윤을 북돋워 줬고, 재윤은 고개를 조용히 끄덕였다.

'펫폿도 식물이랑 다를 게 없잖아.'

재윤은 그렇게 믿었다. 하지만 그 믿음은 순진한 착각일 뿐이었다.

첫 구매

크리스털 플라티나 로즈를 직접 키워 내기로 한 이상, 더는 고민할 필요가 없었다. 재윤은 홍래, 민하와 함께 용원역으로 향하는 시내버스를 탔다.

펫폿 스토어는 용원역 AK 플라자 1층에 있다. 샤넬, 프라다, 미우미우 등의 명품 브랜드가 주로 들어와 있는 곳이라 재윤은 갈 일이 거의 없는 곳이었다. 펫폿 스토어는 그 명품 매장들 한가운데에 있었다. 그리고 펫폿 스토어 앞 중앙 광장 시계탑 근처에는 엄청난 인파가 몰려 있었다.

"아이돌 사인회라도 하나?"

민하가 사람들을 가리켰다. 홍래가 줄 맨 끝에 서 있는 아저씨에게 다가갔다.

"무슨 줄이에요?"

아저씨가 안경을 쓸어 올렸다.

"한정판 씨앗 '별빛 이슬'이 출시하는 날이야. 복각판이라서 인기가 없을 줄 알았는데, 이렇게 많이 몰릴 줄이야."

"그 이유만으로요? 그냥 씨앗일 뿐이잖아요."

홍래가 의아한 듯 물었다.

"그냥 씨앗은 아니지. 엄청 비싼 씨앗이니까. 프리미엄이 붙으면 최소 오십 배 이상 받을 수 있거든." 아저씨는 앞에 서 있는 사람들을 가리키며 말을 이어 갔다. "여기 서 있는 사람 대부분은 프리미엄 붙은 한정판을 되파는 악질 되팔이일 거다. 저런 놈들 때문에 나 같은 선량한 사람들이 꼭 피해를 본다니까."

불만스러운 표정으로 한참을 투덜거리던 아저씨는 휴대폰으로 시선을 돌렸다.

세 사람은 수많은 인파를 헤치고 나서야 겨우 펫폿 스토어 안으로 들어갈 수 있었다. 매장 안은 바깥보다 훨씬 한적했다. 셋은 눈을 휘둥그레 뜬 채 매장 안을 천천히 둘러봤다. 거대한 통유리로 이뤄진 펫폿 스토어는 마치 식물원처럼 보였다. 온실처럼 훈훈하고 습한 공기가 재윤의 살갗에 닿았다.

재윤이 고개를 들어 보니 천장 한가운데에는 목제 간판이 걸려 있었다. 'PETPOT'이라는 로고가 음각으로 파여 있었고, 그 주변에는 초록색 덩굴 식물이 여기저기 엉킨 채 자라 있었다. 쇼핑몰의 전경이 비치는 동유리 위에는 '지속 가능한 녹색 가드닝' '녹색을 향한 갈망' '기후 변화를 막는 가장 사소한 방법'이라는 슬로건이 시트지로 붙어 있었다.

입구에는 필로덴드론, 행운목, 스킨답서스 등 유명한 관엽 식물이 진열돼 있었고, 그다음 진열대에는 수국, 국화, 장미처럼 꽃을 피우는 식물들이 있었다. 물론 그 펫폿들의 실제 이름은 달랐지만, 재윤은 복잡한 펫폿 이름을 몰랐다.

옥상에 버려져 있던 블루벨과 똑같이 생긴 펫폿 하나가 재윤의 눈에 들어왔다. 펫폿명은 '푸른종'. 반쯤 시들어 있었던 어제와 달리 청명한 푸른빛을 뿜내고 있었다.

홍래가 전시대에 올려져 있는 펫폿 하나를 가리켰다.

"그 앱에서 본 소룡이랑 똑같은 거 아니야?"

"우아……, 이게 여기 있을 줄이야."

민하가 진열장에 코를 바짝 댔다. 코가 유리에 눌려 돼지코처럼 됐다.

"저건 '다이아몬드 플라티나 로즈'야. 크플로보다 훨씬 비싸고, 희귀하게 피어나는 종이야. 전 세계에 열 송이밖에 없대. 그래서 등급이 미틱(mythic), 다시 말해 신화급이지."

다이아몬드 플라티나 로즈는 마치 국립 중앙 박물관의 고려청자처럼 유리관 안에 전시되어 있었다. 다이아몬드처럼 투명한 꽃잎이 편 조명을 받아 무지개색으로 다채롭게 빛났다.

재윤이 금속 명판을 읽었다.

"다이아몬드 플라티나 로즈는 십이 년 동안 지지 않고 화려한 찬란함을 유지한다. 극히 희소한 수량만 피어나고, 한국에는 단 하나만 존재한다."

그러고는 민하에게로 고개를 돌렸다.

"이거 비싸지?"

"응, 이베이에 올라오면 거의 삼억 원이 넘을걸? 애초에 올라오지도 않지만. 그래서 별명이 '윌리 웡카의 황금 티켓'이야."

홍래가 유리 안을 유심히 들여다봤다.

"이거 훔치면 주경이에게 줄 삼백만 원은 그냥 갚고, 그러고도 평생 먹고 놀 수 있겠는데?"

그 말에 여성 보안 요원이 모자 아래로 홍래를 매섭게 노려봤다.

"선생님, 농담입니다."

홍래가 능청스럽게 말했다.

세 사람은 보안 요원의 눈치를 살피며 스타터 키트 코너로 발걸음을 옮겼다. 민하가 들뜬 목소리로 키트에 대해 설명했다.

"펫폿은 씨앗, 젤리 흙 그리고 화분 세 가지로 구성돼 있어. 스타터 키트에는 이 필수 세 종이 전부 들어 있어. 그래서 라이트 유저는 스타터 키트 하나면 충분해. 가격도 삼만 원밖에 안 하고!"

재윤은 민하의 이야기를 가볍게 흘러들으며 키트 한 개를 집어 들었다. 친환경이라는 것을 강조하듯 갈색 재질의 종이로 포장돼 있었고, 포장지 옆으로 화분이 반쯤 노출되어 있었다.

녹색 칼라 티를 입은 통통한 여자 직원이 눈웃음을 지으며 다가왔다.

"가드너님, 무엇을 도와드릴까요?"

목에는 사원증을 걸고 있었는데, 이름은 바이올렛이었다.

"이 스타터 키트에서 크리스털 플라티나 로즈가 자랄 수 있나요?"

"잠깐만요, 확인하고 말씀드릴게요. 여자 친구에게 선물하시나 봐요?"

"아……, 네, 네."

재윤은 엉겁결에 대답했다. 얼굴이 빨개졌다.

"요즘 크플로를 많이 키우고 싶어 하시더라고요. TV 예능에 나와서 그런가 봐요. 저도 계속 시도 중인데, 토끼풀만 나오더라고요."

바이올렛은 능숙한 손놀림으로 태블릿 PC를 터치했다.

"가드너님, 이 키트는 크리스털 플라티나 로즈가 자랄 확률이 0.5퍼센트 정도입니다. 물론 잘 돌보면 확률이 더 올라갈 수 있긴 하지만요."

"저는 반드시 크플로가 필요하거든요. 어떻게든 키울 방법이 없을까요?"

"확률을 더 높이고 싶으시면 이 확장 팩을 사시는 건 어떨까요? 데이비드 오튼과 컬래버한 씨앗 스무 개가 들어 있어요."

"그럼 확률이 어떻게 되는데요?"

"무려 2퍼센트까지 올라갑니다. 가드너님께서 펫폿을 잘 돌보시면 더 많이 오를 거예요."

바이올렛이 재윤에게 확장 팩을 건넸다. 고급스러운 코팅 포장지가 왁스 실링으로 봉인되어 있었다. 가격은 오만 원. 재윤에게는 꽤 큰돈이었지만, 선택의 여지가 없었다.

"살게요."

"결제는 일시불로 하실 건가요?"

바이올렛이 휴대폰과 연결된 휴대용 카드 단말기를 꺼냈다.

"아뇨, 혀……현금이요. 세뱃돈이라서요."

자신도 모르게 세뱃돈이라는 말을 꺼내고 만 재윤은 얼굴이 더 빨개졌다.

"현금은 계산대에서 결제해 드릴게요."

눈꼬리가 다시 반달 모양이 된 바이올렛이 재윤을 계산대로 데려가 재빠르게 상품을 스캔했다.

"맞다, 부스트 팩도 필요하지 않으세요?"

"아……, 네, 주세요."

그러자 바이올렛은 바로 부스트 팩을 스캔했다. 모두 합해 십오만 원이었다.

'그래도 삼백만 원을 쓰는 것보다는 낫겠지.'

재윤은 작게 한숨을 쉬었다.

계산을 모두 마친 바이올렛이 갑자기 무언가를 말하려는 듯 크게 숨을 들이켰다. 바이올렛의 호흡을 본 재윤은 불길한 예감이 들었다.

"가드너님들, 주목해 주세요! 이 가드너님께서 세뱃돈으로 펫폿을 처음 사신다고 합니다! 사랑하는 여자 친구에게 선물하신다네요! 모두 손뼉 쳐 주세요!"

재윤에게 없는 여자 친구만이 아니라 사랑한다는 이야기까지 과장해서 말했다.

펫폿 스토어의 모든 사람이 재윤을 향해 우레 같은 박수갈채를 보냈다. 졸지에 여자 친구가 생긴 재윤의 손이 파르르 떨렸다. 민하와 홍래는 이미 재윤과 멀찍이 떨어져 모르는 사람인 척 손뼉을 치고 있었다. 입가에 은은한 미소를 머금은 채.

세 사람이 밖으로 나가려는데 한정판 씨앗을 사기 위해 기다리던 사람들이 매장 안으로 들어오기 시작했다. 처음에는 질서를 지켜 하나둘씩 순서대로 들어왔지만, 곧 줄이 흐트러지기 시작하더니 한꺼번에 몰려들었다. 재윤은 그 인파에 밀려 넘어질 것만 같았다. 다행히 홍래가 재윤의 손을 붙잡았다.

"괜찮아?"

"응, 고마워."

재윤이 바지의 먼지를 털었다.

인파 사이로 중년 남자의 고함이 새어 나왔다. 정장을 입은 중년 남자와 과잠을 입은 대학생이 다투고 있었다.

"학생! 나중에 온 사람을 줄에 끼워 주면 어떡해? 우리도 얼마나 오래 기다렸는데! 가정 교육을 어디서 이따위로 받은 거야?"

중년 남자는 머리의 핏대가 곧 터질 것만 같았다.

"아저씨, 원래 일행인데 잠깐 화장실 갔다 온 거예요."

"아니, 내가 세 시간 동안 학생 뒤에 있었는데 처음 보는 사람이 갑자기 일행이라고? 용원대 학생 같은데, 이러려고 대학 간 거야?"

대학생의 얼굴이 시뻘게졌고, 이윽고 두 사람은 서로의 재킷을 붙잡고 당기기 시작했다. 급기야 중년 남자의 일행과 대학생의 일행까지 고함을 지르며 싸움에 뛰어들었다. 보안 요원 두 명이 흥분한 군중을 말리려고 했지만 역부족이었다. 사람들이 그 모습을 휴대폰으로 촬영했다. 재윤은 쇼핑백을 가슴에 꼭 껴안고 재빨리 걸음을 옮겼다.

파종

"씨앗 때문에 패싸움까지 나고, 경찰차까지 오다니……."

버스 정류장 벤치에 앉은 재윤이 식은땀을 닦았다. 아까 펫폿 스토어 앞에서 벌어진 난투극의 충격이 가시지 않은 것 같았다. 프로틴 바를 먹던 홍래가 입을 열었다.

"돈 때문이지. 아까 그 아저씨 말대로 한정판 씨앗을 되팔려는 사람이 많으니까. 왜 그러나 몰라? 다른 취미가 얼마나 많은데. 등산도 있고, 낚시도 있잖아."

"흥미 없다는 너도 다이아몬드 플라티나 로즈는 열심히 보던데?"

민하의 말에 홍래의 얼굴이 살짝 붉어졌다.

"……그건 예쁘긴 하더라."

재윤, 민하, 홍래는 학교로 향하는 시내버스를 탔다. 학교에는 셋의 아지트인 과학실이 있다.

재윤은 민하와 과학 실험부에서 활동하면서 친해졌고, 홍래는 초등학생 때부터 인연이 이어진 오랜 친구다. 민하는 뇌에 와이파이라도 연결된 것처럼 엄청난 지식을 자랑하는데, 그래서 별명이 '걸어 다니는 위키백과'다.

재윤이 과학실 문을 열었다. 화학 약품들이 만들어 내는 알싸한 냄새가 코를 찔렀다. 늦은 토요일 오후의 과학실은 그 어느 때보다 고요했다. 이따금 운동장에서 조기 축구회 아저씨들이 공을 차는 소리만 들렸다. 오렌지빛 햇살이 과학실을 가득 채우고 있었다.

"어서 뜯어 봐."

민하가 재촉했다. 눈을 반짝이는 민하와 달리 홍래는 흥미가 없는 듯 턱을 괸 채 창밖을 보고 있었다.

재윤이 스타터 키트의 봉인을 쭉 뜯었다. 상자 안에는 화분, 젤리 흙 500그램, 기본 씨앗 스무 개, 20와트 충전기, 퀵 가이드, 매뉴얼이 들어 있었다. 민하가 화분을 가리키며 입을 열었다.

"펫폿의 핵심은 화분이야. 여기에 식물 상태를 읽는 센서랑 LCD 화면이 있거든. 켜 봐."

재윤이 화분 하단의 전원을 켰다. 그러자 푸른색 LCD 화면에 '웰컴' 문구가 떴다.

"이제 화분 안에 젤리 흙을 부으면 돼."

재윤은 민하의 말대로 화분에 젤리 흙을 부었다. 젤리 흙은 액체 괴물처럼 말캉말캉해 콕 찔러 보고 싶은 비주얼이었다.

"으앗!"

별생각 없이 젤리 흙을 만지던 재윤이 찌릿한 느낌을 받고 얼른 손을 뗐다.

"이거 껴야 해." 민하가 상자 안에 있던 절연 장갑을 흔들었다. "젤리 흙에는 전기가 흘러. 식물이 자라면 전류가 분산되어 괜찮은데, 그 전에는 맨손으로 만지면 안 돼. 물론 만진다고 죽진 않지만 많이 따가워."

"그런 건 미리 말해!"

"자기가 멋대로 만져 놓고선……. 암튼 펫폿을 키우는 데 이 젤리 흙이 제일 중요해. 사람들은 흔히 에어컨이 본체라고 생각하지만 사실은 에어컨 실외기가 훨씬 중요하잖아. 이것도 같은 이치야."

민하가 검은 눈을 반짝였다.

"네네, 김민하 교수님."

재윤이 성의 없이 답했다.

"그깟 유사 식물 심는데 이렇게 긴 설명이 필요해?"

홍래가 팔짱을 끼며 의자에 기댔다.

"유사 식물?" 민하가 흥분한 듯 반문했다. "펫폿은 식물계의 대

혁명이야! 광합성 대신 젤리 흙의 전기만으로 자라는 거니까. 그래서 어둠 속에서도 자랄 수 있다고! 거의 식물판 코페르니쿠스라고 볼 수 있지.”

하지만 홍래는 민하의 말을 진지하게 듣지 않고 〈오! 수재나〉를 휘파람으로 불며 교실 밖으로 나갔다.

"후……, 펫폿의 멋짐을 모르다니. 안타까워.”

민하가 홍래가 떠난 문을 바라보며 말했다. 재윤이 화분을 유심히 들여다봤다.

"그러니까 광합성이 아니라 전기로 자란다는 거지?”

"응, 맞아.”

민하가 고개를 끄덕였다.

"그런데 그냥 광합성을 하면 될 텐데 뭐 이리 복잡하게 만든 거야? 꼭 전기로 자라야 하나.”

그러면서 재윤은 화분을 이리저리 둘러봤다. 민하는 절연 장갑을 끼고 젤리 흙을 평평하게 다졌다.

"일반 흙에서 자랄 수 없게 하기 위해서야. 만약 펫폿이 그냥 흙에서 자랄 수 있다면 유전자 조작 식물이 생태계를 교란할 수도 있잖아. 그래서 전기가 흐르는 젤리 흙에서만 자라게 만든 거야. EU 같은 곳은 유전자 조작 식물에 관한 규제가 빡센 편인데, 그 규제를 피하려는 의도도 있었고.”

펫폿 덕질을 사 년 동안 해온 민하는 그 누구보다 신나 보였다.

재윤의 입꼬리가 처졌다. 어제 아침 스티로폼 화분에 옮겨 심은 블루벨 펫폿 푸른종이 떠올랐다. 어제의 재윤은 몰랐다. 펫폿은 일반 흙에서 자라지 못한다는 사실을. 그 블루벨은 지금쯤 죽었을지도 모른다. 재윤은 자신도 모르게 엄지손톱을 깨물었다. 그러고는 조심스레 입을 열었다.

"그럼…… 일반 흙에 전류를 흐르게 하면, 거기서 펫폿이 자랄 수 있지 않을까?"

"대기업에서 만드는 거니까 그렇게 허술하게 만들진 않겠지. 아무리 그래도…… 회산데."

민하는 곧 화분의 기본 세팅을 전부 마쳤다.

"이제 씨앗만 심으면 돼. 꺼내 봐."

재윤은 스타터 키트 속 씨앗과 데이비드 오튼 확장 팩 속 씨앗을 전부 휴지 위로 쏟았다. 스타터 키트의 씨앗이 빨강, 초록, 파랑, 노랑 등의 알록달록한 원색이라면, 확장 팩의 씨앗은 블랙, 골드, 버건디, 베이지 등 훨씬 고급스러운 색이었다.

"엠앤엠즈처럼 생겼네. 크기도 비슷하고."

가까이 들여다보니 씨앗에 '펫폿'이라는 글자가 자그마하게 새겨져 있었다.

"디자인 좀 바꾸지. 나도 착각하고 몇 번이나 먹었다니까. 아기들 못 먹게 하려고 맛이 얼마나 쓴데."

그렇게 말한 민하가 펫폿피디아를 켠 휴대폰을 들어 보였다.

"이건 단순히 펫폿 종류를 맞히는 앱이 아니야. 전 세계에서 발견된 모든 펫폿, 조합식 그리고 재배법까지 전부 정리돼 있어."

"정말 대단하네." 재윤이 감탄 없는 목소리로 말했다. "너 〈트루먼 쇼〉에 나오는 주인공 아내 같아."

"나 그 영화 안 봤는데, 칭찬이지? 버건디 하나, 골드 하나, 베이지 하나 꺼내 봐."

민하가 휴대폰을 보며 말했다. 재윤은 민하가 시키는 대로 씨앗을 하나하나 골라냈다.

"마인크래프트에서 아이템 조합하는 거 같네. 식물은 그냥 씨앗만 심으면 되는데."

"펫폿이 원래 게임 회사였잖아. 지금은 게임 다 접고 펫폿에 올인하고 있지만." 민하는 젤리 흙을 살짝 팠다. "맞다, 족보대로 심는다고 무조건 크플로가 자라는 건 아냐. 이렇게 심어야 성공할 확률이 더 늘어난다는 거지. 지금은 설정 모드라서 전기 안 흐르니 이 안에 씨앗을 넣어 봐."

재윤은 민하가 말해 준 펫폿 씨앗들을 젤리 흙 안에 쏙 밀어 넣었다. 푸딩 안에 초코볼이 박혀 있는 것 같았다. 곧 팬이 돌아가는 듯한 윙 소리가 나며 LCD 화면에 '파종 중'이라는 메시지가 떴다.

"오!"

재윤이 입을 벌렸다.

"다 됐어. 이제 화면에서 시키는 대로 하면 돼. 새벽쯤에 싹 틀

거야."

민하가 미소를 지었다.

"어서 크플로가 자라면 좋겠다. 잘 키워 줄게."

재윤은 화분을 양손으로 들어 화분과 눈을 맞췄다. 재윤의 입가에도 옅은 미소가 피어났다.

"쉽지만은—."

민하는 무심코 입을 열었다가 하려던 말을 삼켰다.

사실 민하도 몇 번이나 크플로를 키우고자 했지만, 번번이 실패했다. 펫퐃을 키워 본 경험이 아예 없는 재윤이 크플로를 키워 낼 가능성은 지극히 낮아 보였다.

"무슨 말 하려고 했어?"

"……아니야, 잘 키워 봐. 식물과 다른 재미가 있을 거야."

재윤은 아까 밖으로 나간 홍래가 뭘 하나 싶어 창가로 걸어갔다. 홍래는 어느새 조기 축구회 아저씨들 틈에 끼어 함께 축구를 하고 있었다.

축구를 하는 사람들의 그림자가 운동장에 길게 드리워졌다. 저 멀리로는 노을이 지고 있었다. 아파트 숲 너머로 2002 타워가 희미하게 보였다. 타워 꼭대기에 있는 항공 장애등의 붉은빛이 영원처럼 깜빡였다.

호빵이

　재윤은 저녁 일곱 시가 한참 넘어 집에 돌아왔다. 엄마는 TV 예능 프로그램을 틀어 놓고 편의점 도시락을 먹고 있었다. 방금 퇴근한 모양인지 희미하게 소독약 냄새가 났다.
　"저녁 먹었어?"
　엄마가 재윤을 돌아보며 물었다.
　"애들이랑 싸이버거 먹었어."
　엄마는 재윤 손에 들린 쇼핑백을 유심히 바라봤다.
　"펫폿 샀니?"
　재윤은 고개를 끄덕였다.
　"잘했다. 엄마가 사라고 몇 번이나 말했잖아." 엄마의 표정이 살짝 밝아졌다. "정순이 엄마도 얼마 전 애한테 사 줬다고 하더라. 요즘에 펫폿 없으면 친구들 대화에 못 낀다고. 엄마가 돈 줄게. 얼마야?"

"괜찮아."

재윤은 엄마 쪽을 돌아보지 않고 곧장 자신의 방을 향해 걸어갔다. 방에 들어가자마자 책상 위에 펫폿을 올려놨다. 그러고는 파자마로 갈아입고 침대 위로 뛰어들었다. 눈이 무거워졌다.

"아, 맞다, 텃밭 확인해야 하는데."

재윤이 하품을 하며 중얼거렸다.

지난 이틀 동안 옥상 텃밭을 한 번도 확인하지 않았다. 텃밭 관리는 재윤에게 중요한 루틴이었지만, 어쩐지 옥상에 갈 기력조차 없었다.

옆으로 누운 재윤은 반쯤 뜬 눈으로 화분을 바라봤다.

"저기서 어떻게 식물이 자라는 거야? 저게 뭐라고……."

다음 날 아침, 재윤은 천천히 눈을 떴다. 화분 위로 희미하게 새하얀 물체가 보였다. 서서히 초점이 맞아 갔지만 여전히 자신의 두 눈을 믿을 수 없었다.

화분 위에 새하얗고 포실한 호빵 하나가 올려져 있었다.

침대에서 일어난 재윤은 아주 작은 호빵의 껍질에 손가락을 갖다 댔다. 부드럽게 푹 들어갔다.

"이거, 진짜 펫폿 맞아?"

재윤은 태어나서 이렇게 생긴 식물은 처음 봤다. 침대 위의 휴대폰을 가져와 펫폿피디아를 켠 다음 휴대폰으로 식물을 찍었다. 곧바로 펫폿의 이름이 떴다. 크플로처럼 화려한 이펙트는 없었다.

"이름이…… 호빵?"

너무나 직관적인 이름에 실소가 나왔다. 등급은 당연히 일반.

펫폿피디아는 호빵이 '리톱스'라는 다육 식물을 변형해 만든 식물이라고 설명했다. 리톱스는 원래 작은 돌멩이처럼 생긴 식물인데, 이를 흰색으로 변형한 것이다.

재윤은 호빵에 대한 문서를 소리 내 읽었다.

"호빵은 가장 일반적인 펫폿으로 알려져 있다. 어떤 고급 씨앗이나 영양제를 사용하더라도 자라날 수 있기에 '국민 펫폿'이라는 별명으로 불린다. 강한 생명력을 갖고 있고……."

스크롤을 내리니 호빵이 앞으로 어떤 모습으로 성장할 수 있는지 나왔다.

"단팥호빵, 야채호빵, 피자호빵, 고구마호빵……. 아니, 색깔만 다르지 다 호빵이잖아!"

스크롤을 더 내리니 호빵이 나온 유저들의 댓글이 오천 개 넘게 달려 있었다.

↪ 이거 회사에서 확률 조작한 거 아니냐? 어떻게 10회 연속으로 호빵만 나올 수 있냐?

↪ X쓰레기 펫폿ㅋㅋㅋ

↳ 제발 그만 나와. 우담바라 나와야 한다고!!!

  긍정적인 댓글은 거의 없었다. 호빵이 나름 귀엽다고 느낀 재윤은 섭섭한 기분이 들었다.
  화분에서 비프음이 들렸다. LCD 화면의 호빵 캐릭터가 목마르다며 울고 있었다. 재윤은 황급히 거실로 뛰어나가 컵에 물을 떠 와서 젤리 흙에 부었다.
  "이 정도면 되나?"
  경쾌한 알림음과 함께 화면에 '^0^'가 표시됐다.
  "기분이 좋은 거야?"
  재윤은 식물의 감정을 확인할 수 있다는 게 신기했다. 문득 과학 잡지에서 본 기사가 떠올랐다. 동물과 달리 중추 신경이 없는 식물에는 감정이 없다는 내용이었다.
  하지만 반론도 있었다. 일부 식물학자들은 식물도 신경계를 갖고 있고, 심지어 포유류와 똑같은 감정이 있다는 주장을 계속해서 해 왔다. 펫폿은 그런 이론을 바탕으로 만들어졌다. 화분의 센서가 펫폿에서 나오는 화학 물질을 분석해 식물의 감정을 알아내고, 이를 LCD 화면과 알림음으로 출력한다.
  휴대폰 알림이 울렸다. 민하였다.

민하   성공했어?

| | (사진) | 재윤 |

| | 화분 위에 호빵이 자라 있어서 깜짝 놀랐네. | 재윤 |

| 민하 | 그럴 줄 알았다ㅋㅋㅋ 버리고 새로 키워. |

  민하의 메시지를 보자마자 재윤은 손가락을 잠시 멈췄다. 식덕인 재윤에게 멀쩡한 식물을 버린다는 것은 상상조차 할 수 없는 일이었다. 키우던 식물이 병충해에 걸리더라도 당연히 죽을 때까지 돌봐 주곤 했으니 말이다.
  휘파람 같은 노랫소리가 들려왔다. 호빵이었다. 호빵이는 기분이 좋은 모양인지 삑삑거리며 노래를 불렀다. 어딘가 익숙한 멜로디라는 생각이 들었는데, 어제 홍래가 과학실에서 흥얼거린 〈오! 수재나〉였다.
  잠시 생각에 잠겼던 재윤이 다시 메시지를 썼다.

| | 이 귀여운 애를 어떻게 버려? 끝까지 키울 거야. | 재윤 |

| 민하 | 원하는 펫풋 나올 때까지 화분을 새로 살 셈이야?
너 그러다가 파산한다. 화분 하나에 얼만 줄 알고? |

| | 상관없어! 아직 돈 있거든? | 재윤 |

호빵이 53

그제야 재윤의 표정이 훨씬 밝아졌다.

재윤은 외출복으로 갈아입은 후 지갑과 휴대폰을 주머니 안에 구겨 넣었다. 밖으로 나가려고 하니 호빵이가 울기 시작했다.

"나 잠깐 나갔다 올게. 집 잘 지키고 있어."

그러자 호빵이는 금세 잠잠해졌다.

버스에서 내린 재윤은 용원역 펫폿 스토어를 향해 걸어갔다. 크플로를 반드시 피워 내겠다는 결심을 다지며.

어제처럼 인산인해를 이루지는 않았지만, 매장은 여전히 북적였다. 재윤은 자신에게 공개적으로 망신을 준 바이올렛을 다시 만날까 봐 주변을 둘러봤다. 다행히 어디에도 바이올렛은 보이지 않았다. 안심한 재윤은 장바구니를 집은 뒤 가벼운 걸음으로 화분 코너를 향해 걸었다.

"가드너님! 여자 친구분에게 선물은 잘 주셨어요?"

등 뒤로 낯익은 하이 톤의 목소리가 들렸다. 바이올렛이었다.

"어머, 화분 보러 오셨구나. 결국 크플로가 자라진 않았나 봐요."

바이올렛이 과장되게 안타까운 표정을 지었다.

재윤의 눈썹이 축 처졌다. 바이올렛의 얼굴만 봐도 기가 빨리는 기분이었다. 바이올렛은 전혀 아랑곳하지 않고 얼굴을 재윤에게 바짝 들이밀었다.

"혹시…… 호빵?"

"어떻게 알았어요?"

"얼굴에 호빵이라고 떡하니 쓰여 있거든요."

재윤은 입을 다물지 못했다. 어떻게 맞힌 거지? 호빵이는 국민 펫풋이라고 알려져 있지만, 실제로 호빵이 자랄 확률은 5퍼센트에 불과하다. 알려진 펫풋의 종류만 해도 수천 종이 넘기 때문이다.

바이올렛은 별거 아니라는 듯 너스레를 떨었다.

"펫풋을 키우는 사람들끼리 속설이 하나 있어요. 펫풋은 자신을 키우는 가드너를 닮는다. 맨 처음 태어난 펫풋은 더더욱 가드너를 닮고요. 가드너님은 누가 봐도 호빵이라고요. 어제 직원들끼리도 이야기했어요. 얼굴이 새하얗고 둥글둥글한 저 가드너님은 분명 호빵이다."

"제가 호빵을 닮았다고요?"

"네, 아, 오해하시면 안 되는데……. 이건 절대 놀리는 게 아녜요. 온라인에서는 호빵이를 꽝이라며 놀리지만 전 호빵이가 가장 이상적인 펫풋이라고 생각해요. 친숙한 외모에 손을 많이 타지도 않고, 감정 표현은 또 얼마나 풍부한데요. 호빵이를 첫 펫풋으로 만난 사람은 진정한 가드너라는 말이 있어요. 가드너님은 분명 훌륭한 가드너가 될 거예요!"

바이올렛이 광대뼈가 애굣살에 닿을 정도로 미소 지었다.

"전 그냥 화분을 사러 온 건데요. 크끌로를 피워 내야 해서."

"그것부터 대단해요. 보통 사람들은 원하는 펫폿이 나오지 않으면 키우던 애를 아주 당연하게 쓰레기통이나 길가에 버리거든요. 근데 가드너님은 펫폿을 버리지 않고 새 화분을 사러 오셨잖아요. 이런 가드너님은 정말 정말 흔치 않아요."

"그, 그렇죠."

재윤은 입꼬리를 꾹 눌렀다.

"가드너님, 크플로를 피워 내시려면 화분이 더 필요할 거예요. 한 번에 열 개 구입하시면 젤리 흙을 서비스로 드릴게요."

화분 열 개 세트의 가격은 무려 삼십사만 원. 재윤이 감당하기에는 꽤 비싼 가격이었다. 게다가 재윤의 수중에 있는 돈은 삼십팔만 원뿐이었다.

"너무 비싸서…… 고민을 좀 더 해볼게요."

하지만 바이올렛은 활짝 웃으며 재윤을 바라봤다. 그러고는 재윤의 귀에 조그맣게 속삭였다.

"제가 데이비드 오튼 확장 팩 하나와 부스트 팩 하나를 덤으로 드릴게요. 다른 가드너님에게는 비밀로 해 주세요. 가드너님이 너무 훌륭한 분이셔서 서비스로 드리는 거예요."

"저 근데 이거 사면 2주 동안 컵라면만 먹어야 해요. 그것도 작은 컵으로요."

하지만 재윤을 응시하는 바이올렛의 눈빛은 흔들림 없이 단호했다.

잠시 후, 재윤이 가게에서 나왔다. 양손에는 펫폿 화분이 삐져나온 쇼핑백이 들려 있었다. 버스에 탄 재윤은 홍래, 민하가 있는 채팅방에 메시지를 보냈다.

화분 열 개 샀음. 덤으로 확장 팩, 부스트 팩 엄청 받았어. 근데 나 이제 삼각김밥하고 쇠고기면만 먹어야 해.	재윤
민하	와, 호구 진짜 제대로 잡혔네. 펫폿 스토어 직원들은 오늘 쇠고기 파티 하겠네.
홍래	모재윤, 이러다가 펫폿 중독되어서 파산하는 거 아냐?
민하	포브스 선정 남편 최악의 취미: 3위. 카메라 수집 2위. 오디오 수집 1위. 펫폿 수집

친구들이 뭐라 떠들어도 재윤은 상관없었다. 그저 쇼핑백 안에 가득 들어 있는 화분을 보며 희미하게 미소 지었다.

'내일은 어떤 펫폿이 자라날까?'

새로운 펫폿에 대한 기대감으로 재윤의 가슴이 벅차올랐다.

그날, 재윤은 옥상 텃밭을 돌보는 것을 또 빼먹었다.

해킹

재윤이 바이올렛의 꼬임에 넘어가 화분 열 개를 산 지 벌써 이틀이 지났다.

교복 차림의 재윤은 손톱을 물어뜯으며 책상을 바라보고 있었다. 책상 위에는 펫풋 화분 열한 개가 놓여 있었다. 베이지색으로 겹겹이 쌓인 잎을 가진 '치즈 에케베리아', 곧 별사탕 같은 꽃을 피울 '야호', 가습 효과가 있는 '물망화'에 이르기까지 온갖 펫풋이 자라나고 있었다. 전부 레어 등급이었다. 나머지 화분에는 개망초를 닮은 '고래꽃', 민들레의 일종인 '솜솜이' 같은 일반 등급 펫풋이 자라났다.

그 가운데에서 가장 눈에 띄는 것은 호빵이었다. 호빵이는 어느새 재윤의 손만큼 자라 어엿한 호빵이 되어 있었다.

하지만 플라티나 로즈로 자랄 가능성이 있는 펫풋은 보이지 않았다. 한마디로 모두 꽝. 재윤은 크게 한숨을 쉬었다.

학교 점심시간, 복도는 시끄럽게 떠드는 학생들의 소음으로 가득했다. 그러나 과학실의 공기는 무겁고 고요했다. 삼총사는 크리스털 플라티나 로즈를 피우기 위한 비상 회의를 하고 있었다. 재윤은 휴대폰으로 자신이 피워 낸 펫폿들의 사진을 민하와 홍래에게 보여 줬다.

"망했어. 단 하나도 제대로 자라지 않았어."

재윤이 손으로 얼굴을 감쌌다.

책상 위에는 호빵이와 스타 캑터스가 올려져 있었다. 호빵이는 재윤의 속상한 마음을 모르는 모양인지 풍선처럼 몸을 부풀렸다가 가라앉히고 있었다.

"이 자식은 속이 편한가 보네."

홍래가 호빵이를 흘겨봤다.

민하는 재윤의 손에서 휴대폰을 뺏은 뒤 여태껏 재윤이 키운 펫폿의 사진을 확대했다.

"와, 어떻게 이렇게 잡초만 자라지? 하고 싶어도 못 하겠다. 수능에서 일부러 빵점 내는 것처럼 어려운 일인데."

그러고는 감탄했다.

"우리 재윤이, 식물 키우는 건 금손이지만, 펫폿에는 똥손 오브 똥손이네."

홍래도 신나게 재윤을 놀렸다. 재윤은 땅이 꺼지도록 한숨을 쉬었다.

"리셀 숍에 팔려고 전화도 해 봤는데, 걔들은 매입도 안 하더라. 오히려 폐기 비용이 더 나간대. 뭐라는 줄 알아? 그냥 버리래."

민하가 툭 던지듯 말했다.

"버려야지. 그럼, 걔들을 모두 키울 거야? 플라티나 로즈가 자라지 않으면 아무 소용 없잖아. 화분을 계속 살 수도 없는 노릇이고."

"그래도 기껏 키우게 된 애들을 어떻게 버려? 할 수 있는 데까지 해야지."

그렇게 말한 재윤은 펫폿 스토어 홈페이지를 켰다. 화분을 추가로 결제할 생각이었지만, 잔액이 부족해서 결제가 되지 않는다는 메시지가 떴다.

"되는 게 하나도 없네." 재윤이 머리를 잡아 뜯었다. "하필 오늘 교통비가 빠져나가서."

홍래도 의견을 냈다.

"나도 필요 없는 애들은 그냥 버리는 게 나을 거 같아. 식물은 아무 감정도 느끼지 못하잖아. 죄책감 느낄 필요 없어. 어제 할아버지랑 천명산 갔는데, 버려진 펫폿 엄청 많더라. 예전 같으면 그게 펫폿인지도 몰랐겠지만."

사람들은 온갖 장소에 펫폿을 버렸다. 어차피 펫폿은 일반적인 흙에서 자랄 수 없으므로 땅을 오염시킬 일이 없었고, 흙에서 자연스럽게 썩는다고 알려져 있었다.

"그래도 키우던 식물을 어떻게 버려……."

재윤은 호빵이를 내려다보며 중얼거렸다. 호빵이가 삐삐 소리를 내며 몸을 부풀렸다. 펫폿은 다른 식물과 다르게 감정 표현을 했다. 이는 펫폿을 버리는 것을 재윤이 꺼리게 만들었다.

집으로 돌아온 재윤은 아파트 옥상에 올라갔다. 거의 5일 만에 오는 것 같았다. 크플로를 키운다는 핑계로 옥상 텃밭을 돌보는 것을 소홀히 했다.

흙은 바짝 말라 여기저기 금이 가 있었다. 상추와 루콜라 잎은 누렇게 변해 있었고, 몇 개는 아예 삐쩍 말라 축 처져 있었다. 그나마 토마토와 가지 잎은 초록빛을 희미하게 유지하고 있었다.

며칠 전 심은 블루벨 펫폿 푸른종은 완전히 시들어 죽어 있었다. 젤리 흙이 아니었으니 당연한 귀결이었다.

재윤은 옥상 반대쪽을 향해 걸어갔다. 한구석에 버려진 펫폿 더미도 바짝 말라 있었다.

"역시 전부 버려야 하나……."

재윤은 완전히 시든 펫폿을 집어 들며 중얼거렸다. 그 펫폿은 작약의 한 종류처럼 보였는데, 마른 낙엽처럼 갈색으로 변해 있었다. 어차피 흙에 옮겨 심어도 전부 죽을 운명이었다. 전기가 흐르는 젤리 흙이 아니면 펫폿이 자라날 수 없으니까.

재윤이 이런 생각에 잠겨 있을 때, 발에 무언가가 걸렸다. 스티로폼 상자였다. 그 순간, 무언가 떠오른 듯 재윤의 눈이 반짝였다.

'펫폿 화분과 똑같은 환경을 만들면 펫폿을 대량으로 키울 수 있지 않을까?'

재윤은 홍래에게 바로 메시지를 보냈다.

> 펫폿 스토어에서 젤리 흙 좀 사게 이십만 원만 빌려 줘. 재윤
> 그리고 물건 몇 개만 구해 줄 수 있어?

재윤은 곧장 펫폿 스토어로 달려가 젤리 흙 20킬로그램을 샀다. 바이올렛이 젤리 흙만 잔뜩 사는 재윤을 보며 고개를 갸웃거렸다.

재윤은 젤리 흙 포대를 양팔에 안고 걸었는데, 그 모습이 마치 젤리 흙이 재윤을 끌고 가는 것처럼 보였다. 결국 무게를 감당하지 못하고 홍래에게 전화를 걸었다. 잠시 후, 홍래가 스쿠터를 몰고 펫폿 스토어 앞에 도착했다.

"네가 말한 거 다 샀어."

홍래가 트렁크를 가리켰다. 시트 트렁크에는 철물점에서 산 파워 인버터가 들어 있었고, 뒷좌석에는 자동차 배터리가 짐 끈으로 칭칭 감겨 있었다. 홍래는 뒷좌석에 공간을 만들어 젤리 흙을

단단히 동여맸다.

　재윤이 비좁은 뒷자리에 끼어 앉자 홍래가 시동을 걸었다. 짐을 잔뜩 실은 스쿠터는 덜덜거리며 도로 위를 달렸다. 뒤에 있는 자동차들이 느려 터진 스쿠터가 갑갑했는지 시끄럽게 경적을 울려 댔다.

　홍래가 재윤을 돌아봤다.

　"너 무슨 도매라도 하냐? 흙을 왜 이렇게 많이 샀어."

　"가 보면 알아. 세기의 실험을 할 거야."

　재윤이 의미 모를 미소를 지었다.

　어둠이 깔리고 아파트의 조명이 하나둘씩 켜졌다. 민하는 옥상과 연결된 자그마한 창문 틈으로 기어 나오고 있었다. 큰 체구 탓에 몸이 창문에 꽉 끼어 다른 두 사람이 민하를 억지로 빼내고 있었다.

　"아, 〈우리말 겨루기〉 본방 봐야 하는데. 이게 그렇게 중요한 일이야? 오늘 왕중왕전이란 말이야."

　민하가 투덜댔다.

　"으으……, 삼백만 원이 달렸는데, 세상에서 제일 중요한 일이지. 근데 너 요새 벽돌이라도 먹냐?"

　홍래가 다시 세게 잡아 당기자 우당탕 소리와 함께 민하가 겨우 빠져나왔다. 재윤과 홍래는 뒤로 발라당 넘어졌다.

재윤은 민하와 홍래를 스티로폼 텃밭으로 안내했다.

"내가 말한 적 있지? 여기가 내가 매일 오는 옥상이야. 요즘에는 덜 오지만……."

재윤이 말끝을 흐렸다.

"고추랑 상추 보여 주려고 이 시간에 부른 거야? 색도 노란 거 같은데?"

민하가 스티로폼 상자 안의 채소를 보며 어이없다는 듯 말했다.

"아니, 그거 말고."

재윤이 자기 앞의 스티로폼 상자를 가리켰다. 상자 안에는 젤리 흙이 담겨 있었다. 젤리 흙 안에는 전극 두 개가 꽂혀 있었고, 전극은 차량용 배터리와 두꺼운 전선으로 연결돼 있었다.

"펫폿 화분이 너무 비싸서 내가 직접 만들었어. 이 화분이면 펫폿 스무 개를 한꺼번에 키울 수 있어. 게다가 전력량을 조종할 수 있게 설정까지 다 했지."

재윤은 새 아이폰을 선보이는 팀 쿡처럼 스티로폼 화분을 소개했다.

민하가 손을 휘저었다.

"이런다고 펫폿이 자라겠어? 회사에서 펫폿 전용 화분에서만 자라도록 만들었겠지. 안 그래도 돈에 환장한 회산데. 이게 정말 가능하다면 누가 화분을 사겠어?"

"혹시 모르잖아. 할 수 있는 건 다 해 봐야지."

재윤은 양손에 두꺼운 절연 장갑을 끼고 눈에 보안경을 썼다. 그리고 차량용 배터리에 연결된 전원 공급기의 스위치를 눌렀다. 전기가 전선을 타고 흐르는 소리가 났다. 젤리 흙 위로 스파크가 파지직 튀었다.

민하와 홍래는 눈을 깜빡이는 것도 멈춘 채 스티로폼 화분을 바라봤다. 하지만 젤리 흙 속 씨앗은 그대로였다. 재윤은 전원 공급기의 다이얼을 한 칸 올리고, 젤리 흙을 괜히 나무젓가락으로 콕콕 찔러 보기도 했다.

그렇게 삼십 분이 지나갔다.

"더는 시간 낭비야. 나 먼저 간다."

민하가 몸을 돌렸다.

"좋은 시도였어."

홍래가 재윤의 등을 툭 쳤다. 재윤은 친구들을 배웅하기 위해 뒤따라 걸었다.

"뒷정리는 내가 할게. 도와줘서 고마워."

그때, 바닥에 놓인 호빵이가 삐— 소리를 내며 울기 시작했다. 재윤이 화분의 상태 창을 확인했지만 아무런 알림도 떠 있지 않았다.

무심코 뒤를 돌아본 민하의 눈이 휘둥그레졌다.

"재, 재윤아……, 저거!"

민하가 재윤 뒤에 있는 스티로폼 화분을 가리켰다.

젤리 흙에서 미세한 스파크가 튀었다. 그 순간, 씨앗에서 새싹이 자그마한 고개를 삐죽 내밀었다. 새싹은 곧 타임 랩스로 영상을 재생한 것처럼 빠른 속도로 자라나기 시작했다.

세 사람은 벌어진 입을 다물지 못했다.

매몰

첫 번째 실험이 성공한 것은 순전히 우연이었다.

그 후 재윤은 스티로폼 화분에서 펫풋을 키우는 데 번번이 실패했다. 알고 보니 단순히 젤리 흙에 전기를 흐르게 한다고 펫풋이 자라나는 것은 아니었다. 여러 번의 실험 끝에 재윤은 젤리 흙에 특정한 전압과 전류를 충족시켜야 한다는 사실을 깨달았다.

다음 날, 학교에서 재윤과 민하는 양호실에 간다고 선생님에게 거짓말을 했다. 정작 두 사람이 달려간 곳은 과학실이었다.

어느새 해가 떨어지고 있었다. 운동장 깃대의 그림자는 길게 늘어졌고, 복도는 하교하는 학생들로 북적였다. 과학실 책상 위에는 전극을 꽂은 젤리 흙이 담긴 일반 화분이 올려져 있었다. 전극과 연결된 전선은 전원 공급기와 연결되어 있었고, 노트북에는 그래프가 실시간으로 기록되고 있었다.

"전압을 조금만 더 올려 봐. 2볼트 정도?"

재윤이 말했다. 민하는 전원 공급기의 다이얼을 돌렸다. 하지만 젤리 흙 속 씨앗은 아무 반응도 보이지 않았다. 민하가 크게 한숨을 쉬었다.

"이게 백쉰다섯 번째야. 이제 그만 포기하면 안 될까? 배도 고프고……."

"여태까지 해 온 게 아깝지 않아? 몇 번만 더 해 보자. 며칠 뒤에는 이주경이 오잖아."

"그래……."

민하가 기운 없이 고개를 끄덕였다.

"한 칸만 더 올려."

민하는 재윤을 슬쩍 노려보고 다이얼을 돌렸다.

윙― 소리와 함께 노트북 스크린에 뜬 그래프가 크게 요동쳤다. 젤리 흙에서 기포가 보글보글 올라오고, 씨앗이 천천히 발아하기 시작했다. 재윤과 민하의 눈이 커졌다.

"드디어 알아냈어! 펫폿의 비밀을!"

손바닥이 부딪히는 경쾌한 소리가 과학실에 울려 퍼졌다.

학교 교문 앞.

"한 시간 뒤에 옥상에서 봐!"

재윤의 말이 끝나자마자 세 사람은 각자의 임무를 위해 흩어졌다. 재윤은 펫폿 스토어에서 씨앗과 젤리 흙을 더 구매했다. 홍래는 오토바이 가게를 하는 형에게 차량용 배터리를 추가로 얻었다. 민하는 수산물 시장에 방문해 횟집 상인에게 스티로폼 상자를 받아 왔다.

임무를 마친 셋은 전날처럼 아파트 옥상에 모였다. 어느새 노을이 산등성이와 점점 가까워지고 있었다.

"해 지기 전에 얼른 하자."

홍래가 기지개를 켜며 말했다.

세 사람은 각자 앞의 스티로폼 상자에 젤리 흙을 부었다. 재윤은 젤리 흙 안에 씨앗을 골고루 심은 뒤 전극을 꽂았다. 민하는 전원 공급기를 이용해 펫폿이 자랄 수 있는 수치의 전류와 전압값을 설정했다. 그렇게 세 사람은 10리터짜리 스티로폼 상자 열 개를 이어 '펫폿 농장'을 만들었다.

"이렇게 하면 훨씬 빠르고 효율적으로 펫폿을 키울 수 있어."

재윤이 흐뭇하게 농장을 보며 말했다. 수천 에이커의 땅을 가진 텍사스 대농장주가 부럽지 않을 정도였다.

스티로폼 화분에 펫폿 전용 화분보다 더 많은 전기가 흐르게 했기 때문에, 펫폿은 부스트 팩을 쓴 것보다 훨씬 빠르게 자라났다. 부스트 팩을 사용한 펫폿은 최소 네 시간이 지나야 새싹이 피어난다. 그러나 세 사람이 만든 화분은 단 이십 분 만에 새싹이 돋아났다. 산업 혁명의 시작을 열었던 방직기의 발명에 비할 정도로 위대한 혁신이었다.

하지만 결과물은 기대 밖이었다. 스티로폼 화분에 펫풋을 잔뜩 심었지만, 크리스털 플라티나 로즈가 아닌 잡초들만 피어났다.

"재윤아, 어쩌지? 이제 화분에 공간이 없는데……. 젤리 흙도 더 사야 할 거 같아."

민하가 축 처진 목소리로 말했다. 홍래는 화분에 억지로 자리를 만들어 씨앗을 심고 있었다.

민하가 잠시 눈치를 살피다가 입을 열었다.

"……잡초들은 그냥 버리는 게 어떨까?"

재윤은 눈을 감았다가 천천히 떴다. 무언가 결심한 눈치였다.

"그래, 내일부터 쓸모없는 펫풋은 전부 버리자."

그러고는 결연한 목소리로 말했다. 여기까지 온 이상 물러날 수는 없었다.

"정말 괜찮겠어? 너 식물 버리는 거 싫어하잖아."

홍래가 믿기지 않는다는 표정으로 물었다.

"어쩔 수 없잖아. 이 애들한테 미안하긴 하지만……. 지금은 크플로를 피우는 게 훨씬 중요해. 우선순위를 정해야지."

재윤이 볼을 긁었다.

아이들이 집으로 떠난 뒤, 재윤은 쓸모없는 펫풋을 전부 쓰레기봉투에 넣었다. 뒷정리를 마친 재윤이 쓰레기봉투를 한참 동안 바라봤다.

다음 날에도 수업이 끝나자마자 아이들은 아파트 옥상으로 향했다. 민하와 재윤은 학원에 조부모님이 돌아가셨다고 거짓말했다. 학원 선생님은 같은 날 두 사람의 조부모가 모두 돌아가셨다는 것에 의아해했다.

재윤이 쓸모없는 펫폿을 버리기로 결심하자마자 신기하게도 모든 일이 일사천리로 진행됐다. 스티로폼 화분에 다시 전류를 흐르게 하자 펫폿들은 이십 분 만에 싹을 틔웠고, 두 시간 만에 성체로 자라났다. 가치 없는 펫폿이 자라나면 가차 없이 뽑아 버렸다.

아이들은 회차를 반복할수록 이전보다 훨씬 높은 등급의 펫폿을 피워 내는 데 성공했다. 비디오 게임을 할 때 실패를 거듭할수록 경험이 쌓여 성공을 거둘 가능성이 올라가는 것과 똑같은 이치였다.

"와, 이거 '루비 스팍스' 아니야? 펫폿피디아 찾아봐!"

민하가 재윤을 향해 사프란처럼 생긴 펫폿을 가리켰다.

"루비 스팍스 맞아. 등급은 슈퍼 레어. 최소 사십만 원이야."

재윤이 휴대폰을 보며 놀란 듯 말했다.

"그럼 버리지 말자! 혹시 모르니까."

민하가 신난 목소리로 말했다.

재윤의 목적은 크플로를 피워 내는 것이었지만, 희귀한 펫폿이 자라나는 것은 그것대로 기쁜 일이었다. 펫폿에 전혀 관심이 없던 홍래노 어느새 크플로 뽑기에 빠져 있었다.

흙에서 자라는 수련의 일종인 '클로드 모네', 검처럼 생긴 붓꽃 'JVCD', 금빛 꽃잎이 빛나는 '황금 솜솜이' 등 온갖 슈퍼 레어, 전설 펫폿이 자라났다.

하지만 이상하게 크플로만 자라나지 않았다.

재윤에게 남은 시간은 단 3일뿐. 스티로폼 화분 열 개를 전부 사용했지만, 더 많은 펫폿을 키우면 좋을 것 같았다. 젤리 흙도 충분히 남아 있었다.

"스티로폼 상자가 부족한데, 지금 수산물 시장에 가면 늦겠지?"

재윤이 물었다.

"지금 저녁 여덟 시야. 이 시간이면 가게 문 다 닫았지."

그러자 재윤은 고추, 가지, 상추, 바질이 자라고 있는 스티로폼 화분을 바라봤다.

"이거…… 다 버릴까?"

민하와 홍래 사이에 짧은 침묵이 흘렀다. 재윤 입에서 도저히 나올 수 없는 말이었다.

"너 정말 괜찮겠어? 여태껏 정성껏 키운 거잖아."

홍래가 조심스레 말했다.

"안타깝지만 어쩔 수 없지……. 우선순위가 있으니까." 재윤은 펫폿 농장을 바라봤다. "조금만 더 하면 크플로가 나올 거 같단 말이야."

초조했던 재윤은 홍래, 민하와 함께 자신이 한 달 동안 일군 채

소들을 전부 뽑아 뒤엎어 버렸다. 뽑은 채소는 쓰레기봉투에 넣지도 않고 옥상 한구석에 대충 쌓아 놨다.

다음 날에도 삼인조는 학교 수업이 끝나자마자 아파트 옥상으로 달려갔다. 재윤과 민하는 학원에 조부모의 삼일장을 치른다고 말해 뒀다. 학원 선생님은 너희 사실 친형제 아니냐며 비꼬았다.
주경이 돌아오기 전 마지막 주말에는 아예 옥상에서 살다시피 했다. 옥상 한편에 아이들이 새롭게 버린 펫폿이 켜켜이 쌓여 작은 산을 이뤘다.
세 사람은 공장의 자동화 로봇처럼 펫폿을 찍어 냈다. 이제 장미류가 피어나는 빈도가 훨씬 높아져 서너 시간에 한 번꼴로 피어났다. 하지만 크플로는 존재하지 않는 환상의 식물처럼 단 한 번도 피어나지 않았다.
셋은 삼백만 원에 대한 부담보다 크플로를 한 번이라도 피워 보고 싶다는 마음이 훨씬 커진 상태였다. 이미 많은 돈과 시간을 써 버렸고, 그렇기에 더더욱 포기할 수 없었다. 그래서 플라티나 로즈가 아닌 것 같으면 그 펫폿을 즉시 뽑아 버렸다. 펫폿에 대해 하나도 몰랐던 홍래조차 새싹만 보고도 펫폿 종류를 구분할 수 있는 능력이 생겼다.
민하가 호미로 투명한 꽃망울이 맺힌 장미를 뽑으려고 했다.
"삼깐!" 홍래가 민하의 손을 세게 붙잡았다. "이거 플라티나 로즈 같은데?"

"에이, 내가 너보다 잘 알지. 이거 그냥 '액슬 로즈'야. 제일 흔한 거."

민하가 말했다.

"이거 한번 앱으로 확인해 봐."

홍래가 재윤에게 말했다. 재윤이 펫폿피디아 앱으로 장미를 찍었다. 사진을 전송하자 로딩 창이 떴다. 그리고 화면이 바뀌었다.

전설급 등장!
크리스털 플라티나 로즈 99.8퍼센트

화면에 노란 불꽃이 터지고 텍스트 밑에서는 크플로 캐릭터가 폭죽을 터뜨렸다. 희귀 펫폿에만 출력되는 이미지였다.

셋은 큰 소리로 고함을 지르며 제정신이 아닌 사람처럼 옥상을 뛰어다녔다. 옆 동에 사는 아주머니가 베란다 창문을 열고 소리를 질렀다.

"늦은 시간에 제발 좀 닥쳐!"

아주머니의 호통에 세 사람은 잠시 입을 다물고 어깨동무를 한 채로 서로의 얼굴을 응시했다. 웃음기가 잠깐 가셨던 아이들의 얼굴에 다시 웃음이 피어났다. 그러다가 결국 바닥을 구르며 깔깔거리며 웃었다.

폐기

책상에 앉은 재윤은 친구들과 말뚝박기를 하는 이주경을 바라봤다. 여전히 빨간색 체육복 차림이었다.

주경은 제주도 영화 촬영을 마치고 일주일 만에 학교로 돌아왔다. 대체 무슨 영화를 찍은 건지 얼굴은 새빨갛게 타 있었고, 다리 여기저기에는 갈색 멍이 나 있었다. 〈캐스트 어웨이〉처럼 무인도에 표류하는 영화를 찍은 게 아닐까 싶을 정도였다.

재윤은 호빵이를 살짝 쓰다듬었다. 사실 호빵이는 눈속임이었는데, 혹시 누가 훔쳐 갈까 봐 에코 백 안에 크리스털 플라티나 로즈를 꼭꼭 감춰 놨다. 재윤은 이 부담스러운 크플로를 주경이 빨리 가져갔으면 좋겠다고 생각했다. 하지만 정작 주경은 여유로울 따름이었다.

점심시간, 주경이 최이룬과 함께 재윤에게 다가왔다. 이룬은 찢어진 교복 바지 위에 너바나 티셔츠를 입고 있었고, 자연스러운 느낌의 레이어드 컷을 했다.

"잘 지냈지?"

주경이 하얀 이를 드러내며 웃었다. 그 옆의 이룬은 딴 곳을 보며 풍선껌을 딱딱 씹고 있었다. 재윤은 괜히 그런 이룬이 의식됐다. 이룬을 힐끔 바라본 재윤이 포장지로 꽁꽁 싸 놓은 크플로를 주경에게 조심스레 건넸다. 심장이 쓸데없이 두근거렸다. 주경은 거리낌 없이 포장지를 풀어 크플로를 꺼냈다.

"소룡아, 오랜만이야! 너 왜 이렇게 컸어?"

주경이 크플로를 향해 반갑게 인사를 건넸다. 반면 이룬은 크플로를 무심하게 보고 있다가 순간 왼쪽 눈썹을 올렸다.

"울 소룡이 잘 보살펴 줘서 고마워. 내가 역시 사람을 볼 줄 알아. 네가 잘 돌볼 거라 믿었거든."

주경은 영롱한 크플로를 바라보며 신기한 듯 여기저기 둘러봤다. 잊고 있던 죄책감이 재윤의 가슴 깊은 곳에 퍼져 갔다.

크플로는 유리처럼 투명한 잎을 화려하게 빛내고 있었다. 반 애들도 크플로가 신기한 듯 구경하러 다가왔다.

"왜 내게 크플로라고 말 안 해 준 거야?"

재윤이 물었다.

"소룡이가 희귀한 걸 알면 네가 부담스러워할까 봐. 내 나름의 배려랄까?"

주경이 대수롭지 않게 답했다.

그때, 이문이 한마디를 툭 던졌다.

"그 애 아니지?"

잘못 들었나? 재윤은 귀를 의심했다.

"크기도 다르고…… 잎 모양도 더 둥근 느낌이었어. 그 애와 얼굴이 달라."

이문이 고개를 돌려 재윤을 봤다. 그 얼굴에는 인공지능 로봇처럼 아무 감정도 실려 있지 않았다. 그래서 더 소름 끼쳤다.

"내, 내가 영양제를 많이 줘서 그럴 거야. 워낙 귀한 애다 보니까, 펫폿 스토어에서 영양제를 사서 줬거든."

재윤이 습관처럼 코를 만지며 대답했다.

"그래! 소룡이는 바뀌지 않아. 재윤이가 잘 돌봐서 그런 걸 거야!"

주경이 말했다. 이문은 재윤을 째려보며 고개를 살짝 기울였지만 더 이상 토를 달지는 않았다. 뭔가 귀찮다는 눈치였다. 재윤은 속으로 안도의 한숨을 쉬었다.

"갑작스러운 부탁이었을 텐데 잘 돌봐 줘서 고마워. 이건 면세점에서 산 거."

주경은 재윤에게 애플 로고가 그려진 하얀색 쇼핑백을 내밀었다. 안에는 포장된 상자 하나가 들어 있었다.

'혹시 아이패드?'

크기와 무게를 미루어 봤을 때 아이패드일 것이라는 생각이 들었다.

"뭐 이런 걸 다……. 고마워."

재윤이 겸손하게 말했다. 입술을 꾹 다물었지만 자신도 모르게 입꼬리가 올라갈 것만 같았다. 삼백만 원짜리 펫폿을 일주일간 맡겼으니 마땅한 보답이었다. 가짜 소룡이를 주경이에게 줬다는 죄책감은 어느덧 희미해졌다.

이날 학교에서 주경의 크플로는 큰 화젯거리였다. 반 애들은 가짜 소룡이와 셀카를 찍었고, 옆 반 애들까지 재윤네 반에 놀러 와서 소룡이를 구경했다. 자신의 SNS에 크플로 사진을 올리는 애들도 있었다.

반면 호빵이에게 관심을 두는 사람은 아무도 없었다. 재윤은 소룡이에게 몰려든 아이들을 바라보며 호빵이를 쓰다듬었다. 호빵이는 힘없이 삐 소리를 냈다.

재윤의 좁은 방은 두 덩치, 민하와 홍래 덕분에 꽉 차 있었다.

"아이패드 에어겠지?"

민하가 말했다.

"너무 기대하지 마. 학생인데 돈이 어딨냐." 옆의 홍래가 핀잔을 주듯 말한 뒤 빙긋 웃었다. "아이패드 미니 아닐까?"

민하와 홍래는 히히거리며 익살스럽게 웃었다.

"이제 뜯는다!"

재윤이 외쳤다.

"두구두구……."

세 사람은 입으로 드럼 소리를 냈다. 아이패드는 셋이 함께 고생해서 얻어 낸 물건이니 과학실에서 공동으로 사용하기로 미리 합의했다.

재윤이 포장지를 뜯었다. 짧은 정적이 흘렀다.

"이게 뭐야?"

홍래가 허탈한 목소리로 말했다.

포장지 안에는 제주 한라봉 초콜릿이 들어 있었다. 민하는 믿기지 않는 듯 눈을 비볐다.

"와, 우리가 그거 피우려고 그 고생을 했는데, 고작 한라봉 초콜릿?" 그렇게 말한 민하가 한라봉 초콜릿 세 개를 한꺼번에 입안에 넣었다. "……맛은 있네."

"기대하게 해서 미안. 그래도 희귀 펫폿을 팔면 돈이 좀 될 거야."

재윤은 애써 아이들의 기운을 돋워 주려고 노력했다.

셋은 주경의 크플로를 피우는 동안 스무 개 남짓한 희귀 펫폿을 피워 냈다. 등급은 전부 슈퍼 레어 이상. 리셀 숍에서 팔리는 가격을 확인해 보니 총합 육백만 원에 달했다. 어마어마한 액수에 셋은 잠시 말을 잃었다. 옥상에 방치된 쓰레기와 쓸모없는 펫 폿을 다 버린 후, 희귀 펫폿을 공평하게 나눠 갖기로 했다.

옥상으로 향하는 엘리베이터 안, 홍래가 들뜬 목소리로 말했다.
"펫폿 판 돈으로 새 스쿠터 살 거야."
"난 안 팔아. 비트코인처럼 가치가 오를 수도 있잖아?"
민하가 말했다.
엘리베이터에서 내린 세 사람은 계단을 한 걸음씩 올라갔다. 위에서 비에 젖은 짙은 풀 냄새가 났다. 재윤은 평소처럼 옥상과 연결된 창문 쪽으로 다가갔다.
"뭐야? 누가 창문을 가려 놨는데?"
재윤이 창문을 열며 말했다. 창문 바깥쪽이 검은색 비닐 같은 것으로 가려져 있었고, 틈으로 햇빛이 희미하게 들어왔다.
"이거, 무슨 줄기 같은데?"
분홍색 줄기가 창문을 뒤덮고 있었다. 손으로 쉽게 치워지지 않자 결국 홍래가 낫으로 줄기를 베었다. 줄기가 바닥에 우수수 떨어졌다.
세 사람은 식물에 가려진 창문 틈을 겨우 빠져나와 옥상 밖으로 나왔다.
"미친……, 이게 뭐야?"
홍래가 벌어진 입을 다물지 못했다.

재윤은 자신도 모르게 뒷걸음질했고, 민하는 비명을 참으려는 듯 입을 틀어막았다.

세 사람 앞에는 난생처음 보는 풍경이 펼쳐져 있었다. 스티로폼 화분에서 자란 정체불명의 분홍색 덩굴이 옥상 문 주변을 전부 뒤덮은 것이다. 덩굴은 바닥, 에어컨 실외기, 송풍구까지 타고 번져 교실 하나 만한 공간을 점령하고 있었다.

식물은 꽈배기 튀김처럼 꼬여 있었고, 줄기에는 오돌토돌한 빨판이 촘촘히 붙어 있었다. 휘발유와 닭똥 냄새가 뒤섞인 끔찍한 냄새까지 풍겼다.

"배터리 전원을 안 껐나?"

재윤의 동공이 커졌다. 다급히 달려가 자동차 배터리의 전원을 확인했지만 이미 꺼져 있었다.

"어떻게 자란 거지? 전기가 없으면 자랄 수 없잖아?"

민하의 말끝이 떨렸다.

"혹시 전원 고장 난 거 아니야?"

홍래가 다급히 물었다. 재윤이 배터리 잔량을 체크해 봤지만 방전된 상태였다. 한마디로 이 수상한 식물은 전력 없이 스스로 자랐다는 뜻이었다.

"어쩌지?"

민하가 재윤을 바라봤다.

"전부 베어 버려야지. 다른 팻폿 버릴 때 같이 버리사."

재윤이 결연한 목소리로 말했다.

세 사람은 옥상에 자라난 정체불명의 식물을 열심히 베었다. 재윤은 펫폿피디아에서 이 식물이 뭔지 확인하려고 했지만, 전혀 상관없는 엉뚱한 펫폿으로 인식할 뿐이었다.

"펫폿이 아닌가?"

재윤이 고개를 갸우뚱했다.

"별것 아니지 않을까? 아직 등록되지 않은 펫폿일 수도 있고."

민하가 답했다.

식물을 베는 것은 꽤 중노동이었다. 두 시간가량 베고 나니 재윤의 손에는 물집이 잔뜩 잡혔고, 등은 땀으로 흠뻑 젖었다. 교복은 식물 줄기와 흙으로 더럽혀졌다.

"이게 무슨 고생이야." 민하가 뻐근한 듯 팔을 스트레칭했다. "엄마랑 줌바 댄스 가기로 했는데. 오늘은 못 가겠다."

"액땜했다고 생각하자. 대신 희귀 펫폿 얻었잖아."

식물을 다 베고 나자 해는 이미 산 뒤로 넘어간 뒤였다. 하늘은 금세 비라도 내릴 것처럼 구름이 잔뜩 끼어 있었다.

세 사람은 분홍색 덩굴과 버려진 펫폿들을 대형 비닐봉지에 꽉꽉 눌러 담았다. 재윤이 양팔을 허리에 올린 채 비닐봉지 세 개를 내려다봤다. 어찌나 꽉 채웠는지 식물 줄기가 비닐을 뚫고 튀어나와 있었다.

"이제 이것들을 어디에다 버리지?"

"당연히 산에 버려야지."

민하가 마지막 비닐봉지를 묶으며 말했다.

"산에?"

재윤이 놀란 표정으로 민하를 바라봤다.

"응, 내 주변에 펫풋 키우는 사람들도 전부 뒷산에 버려. 원래 흙이나 식물은 야산에 버려도 상관없잖아. 펫풋도 마찬가지야. 오히려 자연 퇴비가 돼서 좋다던데."

"그래도…… 좀 그렇지 않나?"

재윤은 떨떠름한 표정을 지었지만, 결국 민하의 말대로 전부 야산에 버리기로 했다.

셋은 홍래의 스쿠터 뒷좌석에 비닐봉지 두 개를 실었다. 그리고 봉지가 스쿠터에서 떨어지지 않게 짐 끈으로 단단히 묶었다. 짐을 워낙 많이 실어 스쿠터가 제대로 출발이나 할 수 있을지 걱정될 정도였다. 나머지 비닐봉지는 앞 바구니에 욱여넣었다.

재윤은 자전거를 타고 홍래를 쫓아가기로 했다. 민하가 재윤 뒤에 앉았다. 스쿠터를 선두로 세 사람은 천명산 방향으로 향했다.

재윤의 집은 천명산과 가까워 자전거로 십 분이면 입구에 닿는다. 천명산 입구를 지나자 본격적인 오르막길이 시작됐다. 재윤은 자전거 기어를 올렸다.

펫풋 잔해를 잔뜩 실은 홍래의 스쿠터는 덜덜거리며 달렸다.

재윤은 페달을 밟는 데 엄청나게 많은 힘이 들어가 숨이 턱끝까지 차올랐다.

"웬만하면 말 안 하려고 했는데, 너 너무 무거워."

재윤이 뒤에 있는 민하에게 말했다.

"나 요즘 줌바 댄스 해서 살 빠졌을 텐데?"

민하가 스니커즈를 베어 먹으며 말했다.

그때, 민하의 안경 렌즈 위로 물방울이 똑 떨어졌다. 재윤의 땀이 튀긴 줄 알았는데 빗방울이었다.

곧 소나기가 쏟아졌다.

스쿠터 시동이 계속 꺼져서 결국 홍래는 정자 앞에 스쿠터를 세웠다. 정자 앞에는 '달기 약수터'라고 적힌 비석이 서 있었다. 검은 나무 사이로 송전탑 하나가 솟구쳐 있었다.

"시동이 자꾸 꺼져서 더는 못 올라갈 것 같아."

빗소리에 목소리가 묻힐까 봐 홍래가 크게 소리쳤다. 홀딱 젖은 재윤과 민하는 말없이 고개만 끄덕였다. 둘 다 지쳐 대답할 기운도 없어 보였다.

셋은 봉지를 하나씩 나눠 들고 걷기 시작했다.

"도로 가까이에 버리면 좀 그러니까, 조금 떨어진 데로 가자!"

홍래가 둘을 보며 외쳤다.

두 소나무 사이에 '입산 통제 구역'이라는 플래카드가 큼지막하게 걸려 있었다. 세 사람은 플래카드 밑으로 몸을 숙여 지나갔다. 민하가 휴대폰 손전등을 켰다.

　셋은 숲길을 향해 조심조심 걸어갔다. 비는 아까보다 잦아들었지만 물안개가 짙게 끼어 있었다. 걸을 때마다 흠뻑 젖은 나뭇잎이 미끌거렸다. 저 멀리 보이는 2002 타워의 빨간색 항공 장애등만이 이곳이 천명산이라는 것을 지시했다.

　"여기에다 버리자."

　홍래가 버려진 송전탑 앞에서 말했다.

　트러스 구조의 송전탑은 오랫동안 방치된 모양인지 녹이 심하게 슬어 있었다. 탑 앞에는 '관계자 외 출입 금지'라는 간판이 을씨년스럽게 붙어 있었다. 송전 배선을 지하에 묻으면서 더는 사용하지 않는 것 같았다.

　송전탑 앞 공터에는 이미 다른 사람들이 버려 놓은 펫폿의 잔해가 있었다. 얼마나 많은 사람이 펫폿을 버렸는지 거대한 무덤을 이루고 있었다.

　"그 이상한 식물이 여기에도 있네?"

　민하가 말했다. 펫폿의 무덤 옆에 분홍색 덩굴이 군데군데 자라고 있었다. 아까 아이들이 옥상에서 본 것과 똑같았다.

　"이거 펫폿이 아니라 그냥 식물인가 봐."

　재윤의 손이 분홍 덩굴에 닿았다. 오돌토돌한 빨판의 촉감에 팔 솜털이 곤두섰다.

　"벌서 아닌가 봐. 어서 버리고 가자."

홍래가 식물을 발로 툭 찼다. 순간 식물이 잎을 살짝 오므렸다.

셋은 각자 들고 있던 비닐봉지의 내용물을 바닥에 부었다. 민하는 분홍색 덩굴의 잔해를 쏟아 냈다. 홍래의 비닐봉지에서는 크플로를 피우기 위해 나흘 동안 희생된 펫풋이, 재윤의 비닐봉지에서는 키우다 만 고추, 토마토, 루콜라 등이 나왔다. 식물의 잔해들이 쌓여 새로운 무덤이 만들어졌다.

"정말 여기에 버려도 괜찮은 거…… 맞겠지?"

재윤이 입술을 잘근 씹었다. 어쩐지 목덜미가 서늘했다.

"괜찮아. 펫풋은 그냥 흙에서 자라지 못하는 거 너도 잘 알잖아. 젤리 흙에서만 자랄 수 있다고."

민하가 굳이 확인하듯 말했다.

"괜히 찝찝해……. 송전탑 앞이라서."

재윤은 바닥에 자라 있는 분홍색 덩굴을 바라봤다. 식물에서 흔히 볼 수 없는 분홍색이 불길했다. 민하가 안경에 묻은 빗물을 옷자락으로 닦았다.

"딱 봐도 버려진 지 오래된 송전탑이야. 게다가 송전탑이 있다고 해서 그 앞 땅에 전기가 흐르는 것은 아니라고 알아."

그렇게 말한 민하가 주머니에서 한라봉 초콜릿 세 개를 꺼내 재윤과 홍래에게 하나씩 나눠 줬다. 세 사람은 동시에 포장지를 뜯어 초콜릿을 입에 넣었다. 입안에 시큼한 단맛이 퍼졌다. 잠시 펫폿의 무덤을 바라본 아이들은 그 자리를 떠났다.

그날 밤, 큰비가 쏟아졌다.

변화

　재윤은 죽은 사람처럼 잤다. 휴대폰 알람이 여러 번 울렸지만 깨지 않았다.

　책상 위의 호빵이가 시끄럽게 울어 대자, 그제야 재윤은 무거운 눈꺼풀을 천천히 들어 올렸다. 커튼을 걷어 보니 하늘은 완전히 개어 투명할 정도로 맑았다. 펫풋을 버렸던 어젯밤 일들이 전부 꿈처럼 느껴졌다.

　힘겹게 침대에서 몸을 일으킨 재윤은 호빵이를 살살 쓰다듬었다. 호빵이는 금세 기분 좋은 듯 〈오! 수재나〉를 불렀다. 값어치 없는 펫풋들을 천명산에 버렸지만, 재윤은 호빵이와 솜솜이처럼 정이 든 몇몇은 차마 버리지 못했다.

　호빵이 옆으로 십여 개의 펫풋이 있었다. 흙에서 자라는 수련 '클로드 모네', 불꽃 같은 여섯 개의 꽃잎이 달린 루비 스팍스, 한

번 향을 맡으면 잊을 수 없는 '금방울꽃' 등 최소 오십만 원, 최대 이백만 원에 다다르는 펫풋이었다. 희귀 펫풋 가운데 절반은 크리스털 플라티나 로즈를 키우는 데 도움을 준 민하와 홍래에게 줬다. 지난 일주일간 동고동락한 친구들에게 줘야 하는 마땅한 보상이었다.

휴대폰을 보니 오전 여덟 시 십 분. 원래라면 옥상 텃밭의 식물을 돌보기 위해서 더 일찍 일어났겠지만, 이제 재윤에게는 더는 필요 없는 루틴이었다. 텃밭에 키우던 채소들은 펫풋과 함께 천명산에 버려졌으니까.

재윤은 호빵이를 학교에 가져갈까 한참 고민하다가 클로드 모네를 선택했다. 호빵이는 자주 울어서 선생님에게 눈치가 보이는 일이 잦은데, 클로드 모네는 그에 비하면 훨씬 조용했다. 호빵이가 서운한 듯 몸을 부풀렸다.

"미안, 미안. 저녁에 산책하자."

클로드 모네를 학교에 가져간 재윤은 반의 유명인이 됐다. 책상에 놓았을 뿐인데 반 친구들은 클로드 모네가 비싼 펫풋임을 단숨에 눈치챘다.

"이거 네 거야?"

"미친, 클로드 모네 아니야? 이거 엄청 비싼 거로 아는데. 와, 처음 봐!"

아이들이 재윤 곁에 모여 떠들었다. 재윤은 학교에서 유일하게 클로드 모네를 키우는 아이였다. 반 애들은 재윤에게 다른 펫폿도 보여 달라고 했다. 재윤이 휴대폰으로 지금 키우는 펫폿들의 사진을 보여 줬다.

"와! 전부 너 혼자 다 키운 거야?"

반에서 가장 까불거리는 친구가 물었다. 재윤은 고개를 끄덕였다. 어차피 홍래와 민하는 다른 반이다.

그날 이후, 재윤은 종종 희귀 펫폿을 학교에 가져갔다. 하지만 가장 많이 가져가는 펫폿은 역시 호빵이었다. 호빵이와 함께 있으면 마음이 무척 편안했다.

주경의 크플로를 키운 사람이 재윤이라는 사실이 뒤늦게 알려지며 재윤은 학교에서 유명 인사가 됐다. 교실 한편에 그저 있을 뿐인 아이였던 재윤은 '펫폿 마스터'로 불렸다.

학교 애들은 전부 재윤에게 펫폿을 맡기고 싶어 했지만, 재윤은 지금 키우는 펫폿에 집중하고 싶다는 이유로 거절했다. 대신 펫폿에 대해 상담해 주거나 자신의 노하우를 전수해 줬다. 구루의 가르침을 듣고 싶은 제자들이 몰려들었다. 그 가운데에는 아니라 젊은 선생님도 있었다.

그리고 크플로를 성공적으로 맡아 준(사실 새로 키운 거지만) 것을 계기로 주경과 부쩍 친해졌다. 주경은 타고난 사교성으로 학교에서 인기가 많은 편이었다. 그래서인지 재윤이 주경과 친해진 후로 같은 반 애들은 재윤에게 훨씬 편하게 말을 걸었다. 재윤은 비록 내성적인 성격이지만 원래 말은 꽤 잘하는 편이었다.

항상 민하와 홍래와 함께했던 재윤의 하굣길에 다른 친구들이 합류하기 시작했다. 때로는 민하와 홍래가 재윤 곁에 없기도 했다. 재윤에게 반 친구가 하나둘씩 늘어나며 홍래, 민하와 셋이 만나는 일은 자연스럽게 줄어 갔다.

사실 재윤은 어느 순간부터 민하와 어울릴 때마다 부끄러운 느낌이 들었다. 민하의 교복 셔츠에는 언제나 음식 자국 같은 얼룩이 한두 군데쯤 있었다. 아무렇지 않았던 것들이 갑자기 이상하게 눈에 걸렸다. 민하와 어울리면 자신도 민하와 같은 사람으로 보일까 봐 신경 쓰였다.

재윤만 둘에게 소원해진 것은 아니었다. 홍래는 재윤에게 받은 희귀 펫폿을 리셀 숍에 전부 팔아서 그렇게 갖고 싶었던 새 스쿠터를 샀다. 그러고는 남해 여행을 간다는 이유로 한동안 학교에 나오지 않았다. 자아 찾기 여행이라나. 민하는 외고 입학을 준비하기 위해 상위권 입시 학원에 다니기 시작했다.

아지트인 과학실에 세 사람의 발길이 끊길 무렵, 과학실에서 화재가 났다. 과학실은 복구를 위해 폐쇄됐다. 세 사람이 만나기 힘든 그럴듯한 이유도 생긴 셈이었다.

재윤은 더 이상 식물을 키우지 않았다. 아예 자신이 가진 모든 화분을 당근마켓에 올렸다. 분양이 안 된 식물들은 무료 나눔 했고, 그럼에도 사람들이 가져가지 않은 식물들은 천명산 공터에 버렸다.

어느 오후, 엄마는 베란다에 있던 재윤의 화분이 대부분 사라진 것을 보고는 고개를 갸웃거렸다. 관상식물이 있던 자리에는 펫폿 화분이 빽빽이 자리 잡고 있었다. 때마침 재윤이 학원에 가기 위해 집을 나서려고 하고 있었다.

"재윤아."

엄마의 부름에 재윤이 고개를 돌렸다.

"혹시―." 엄마는 입을 다시 다물었다. "아니다, 학원 늦겠다. 어서 가."

고개를 갸웃거린 재윤은 꾸벅 인사를 한 뒤 문밖으로 나섰다. 엄마는 팔짱을 낀 채로 펫폿을 찬찬히 훑어봤다.

"펫폿이 그렇게 좋나? 비싼 거라서 그런지 확실히 그냥 식물보다는 예쁘긴 하네."

엄마는 재윤의 변화를 싫어하지 않는 눈치였다. 안 그래도 최근 담임 선생님에게서 재윤에게 반 친구가 부쩍 늘었다는 이야기를 들었기 때문이다.

"그래, 펫폿을 키워 보라고 말하기 잘했어."

여름

 어느덧 두 달이 흘러 7월. 신록은 완연한 청록빛을 띠며 짙어졌고, 본격적인 무더위가 찾아왔다. 민하, 홍래와 크리스털 플라티나 로즈를 키우기 위해 치열하게 보냈던 시간도 재윤의 머릿속에서 서서히 옅어지고 있었다.
 기말고사가 끝났다. 여름 방학이 머지않았다. 재윤, 민하, 홍래는 큰 시험이 끝나면 영동로 시내나 2002 타워에 놀러 가곤 했다. 이는 세 사람만의 학사 일정이었다. 지난번에도 타워 아이스 링크에 놀러 갔다가 재윤이 주경의 펫폿을 잃어버리지 않았던가.
 이번 기말고사 뒤풀이는 멤버가 약간 바뀌었다. 재윤은 홍래, 주경 그리고 이룬과 함께 2002 타워에 놀러 가기로 했다. 주경이 먼저 같이 가자고 제의했고 자연스럽게 이룬이 끼었다. 그리고 주경과 이룬이 새로 합류한 대신 민하가 빠지게 됐다. 민하의 의

사는 아니었다. 이룬이 민하가 오는 것을 꺼렸기 때문이었다.

"정말 미안한데, 걔는 안 부르면 안 돼? 이상한 땀 냄새 같은 거 난단 말이야. 마음 같아서는 데오드란트 하나 사 주고 싶어."

민하에게서 특유의 냄새가 나는 건 맞지만, 그건 순전히 체질 탓이다. 재윤은 이룬에게 반박하고 싶었지만 말을 삼켰다. 주경, 이룬과 어색해지기 싫다는 마음이 훨씬 컸다. 게다가 이룬은 주경의 소룡이가 원래 소룡이와 다르다고 추궁해 재윤의 간담을 서늘하게 했다. 그 말을 다시 꺼내진 않았지만, 재윤은 이룬이 여전히 불편했다.

그래서 넷이 따로 놀러 간다는 사실을 민하에게 숨기기로 했다. 민하가 외고 준비로 부쩍 바빠진 것도 사실이니까. 하지만 민하는 선뜻 놀러 가자고 말하지 않는 재윤과 홍래에게 이상함을 느낀 모양이었다. 단톡방에 오랜만에 민하의 메시지가 왔다.

민하   야, 너네 주말에 뭐 하냐? 포켓몬 극장판 보자! 내가 예매할게.

재윤과 홍래는 아무 답장도 할 수 없었.

민하가 다시 묻자 그제야 재윤은 휴대폰을 들고 한참 고민했다. '엄마와 주말농장에 가야 할 거 같아'라는 거짓말을 다양한 버전으로 썼다가 지워 버렸다. 괜찮아, 민하와는 언제든 만날 수 있으니까. 언제든…….

네 사람은 젊음의 거리에 있는 맥도날드 앞에서 만나기로 약속했다. 재윤이 약속 장소에 제일 먼저 도착했다.

때아닌 선거철이었다. 국회 의원 재보궐 선거를 앞두고 거리에서는 여당과 야당의 선거 차량이 경쟁하듯 선거 운동을 하고 있었다. 트로트를 개사한 선거 로고 송이 스피커에서 울리고, 선거 운동원들이 후보의 기호를 외치면서 응원하고 있었다. 귀가 먹먹할 정도로 시끄러웠다.

재윤은 선거 현수막 아래에서 이어폰으로 귀를 막고 볼륨을 높인 다음 손풍기를 쐬면서 거리를 구경했다. 무더운 날씨에 가죽 재킷을 입은 아저씨가 있어 신기하게 쳐다봤다. 그런데 그 이상한 아저씨가 재윤에게 다가왔다. 홍래였다.

"너 지금 여름인 거…… 알고 있지?"

재윤이 홍래의 가죽 재킷을 만지며 말했다.

"이거 보기보다 얇아."

"너 땀 엄청 흘리고 있어."

재윤의 말에도 홍래는 재킷을 벗지 않고 힘겨운 표정으로 따봉을 했다.

주경과 이룬은 약속 시간보다 이십 분 늦게 왔다. 주경은 야구 모자, 체육복 하의, '액션 아트 스쿨'이라고 쓰인 빨간색 티셔츠를 입고 왔다. 그에 반해 이룬은 히메 컷 헤어스타일에 체크 스커트, 빈티지 티를 매치해 일본 하이틴 드라마에서 튀어나온 주인공처럼 보였다. 같은 공간에 있지만 둘의 공기는 너무나 달랐다.

"모르는 사람이 보면 이룬이가 배우인 줄 알겠다."

재윤이 주경의 옷차림을 보며 웃었다.

"어유, 모재윤 너나 잘해. 지는 엄마가 사 준 꿀벌 티 입고 왔으면서."

"이거 랄프 로렌이거든?"

재윤은 호빵이를 메고 있었고, 주경은 크플로를 가져왔다. 주경은 소룡이가 예전에 알던 그 소룡이가 아니라는 사실을 여전히 모르는 눈치였다.

넷은 영동로 시내에 있는 퓨전 음식점에서 짬뽕과 페퍼로니피자를 먹고 인생네컷을 찍었다.

오후가 되자 낮 기온이 33도를 훌쩍 넘어갔다. 불볕더위 때문일까? 유독 안전 안내 문자가 자주 오는 것 같았다.

홍래는 처음에만 잠깐 가죽 재킷을 입고 있다가 결국 더위에 항복해 재킷을 벗어 손에 들고 다녔다. 시내를 좀 더 돌아다니려고 했지만, 너무 더운 나머지 설빙으로 대피하기로 했다. 더위에 지친 네 사람은 애플망고치즈빙수를 정신없이 퍼먹었다.

첫인사 이후로 별다른 말을 하지 않았던 이룬이 입을 뗐다.

"너희 그거 알아? 천명산에 빅풋 나온다는 거."

그 말이 농담이라고 생각한 홍래가 웃음을 터뜨렸다.

"빅풋은 히말라야에서 나오는 거잖아. 저기에 무슨 빅풋이 나와."

"히말라야에서 나오는 건 빅풋이 아니라 예티거든."

홍래를 한심하게 쳐다보는 이룬의 표정에 홍래의 귀가 빨개졌다. 이룬이 다시 말을 이어 갔다.

"아무튼, 우리 할아버지가 그저께 새벽에 봤다고 했어. 온몸이 분홍색 털로 뒤덮인 사람이 숲을 돌아다닌다고. 키가 농구 골대만 하대."

"천명산 어디서 보셨는데?"

재윤이 믿기지 않는다는 듯 물었다.

"달기 약수터 근처. 송전탑 있는 곳. 알려나?"

재윤과 홍래는 서로의 얼굴을 쳐다봤다.

"송전탑? 우리도 얼마 전에 그쪽에 간 적이 있는데, 그런 건 못 봤는데……."

재윤이 무심코 말했다.

"거긴 왜?"

주경이 반사적으로 물었다.

"그, 그……."

재윤이 말을 더듬었다.

"아……, 재윤이랑 같이 송전탑 근처에서 플로깅을 했거든. 플로깅 알지? 달리기하면서 쓰레기 줍는 거. 우리가 약간 친환경이잖아."

재윤 대신 홍래가 답했다. 펫폿을 버린 것이 큰 잘못은 아니지만, 어째서인지 말하면 안 될 것 같았다.

이룬은 홍래의 말에 크게 아랑곳하지 않고 말했다.

"아무튼 그쪽 갈 때 조심해. 요즘 안전 안내 문자 부쩍 잦아지지 않았어? 대부분 실종자에 대한 거더라. 아까도 하나 왔고."

재윤은 안전 안내 문자를 확인했다. 전부 폭염 때문에 온 문자인 줄 알았는데, 정말로 실종자 경보 문자가 섞여 있었다.

"요즘 나온 실종자들 있잖아. 대부분 영동 2동에서 사라졌대." 이룬이 고양이 같은 눈을 부릅떴다. "근데……, 알아? 송전탑 주변이 전부 영동 2동이야."

최근 실종자가 늘어났다는 이룬의 말은 사실이었다. 실종자 경보 문자에 언급되는 사람은 치매 노인인 경우가 많은데, 한 달 사이에 오십 대 이하의 실종자가 부쩍 늘었다. 하지만 시민들은 용원시는 원래 인구가 많은 곳이기에 그만큼 실종자도 많겠거니 하고 가볍게 치부했다.

"우리 이제 2002 타워 갈 건데 조심해야겠네. 거기도 천명산이니까."

재윤은 일단 맞장구를 쳤다.

"괜찮아. 빅풋은 사람 많은 곳에는 안 나타나니까. 혹시 나타나면? 오히려 좋아. 빅풋 영상을 올리면 팔로어가 엄청 늘 테니까."

이룬은 타로 마스터 같은 기묘한 분위기가 있었다. 평소에도 기괴한 이야기를 종종 하는 탓에 재윤은 빅풋 괴담 역시 이룬의 레퍼토리 중 하나로 받아들였다.

네 사람은 2002 타워로 가는 순환 버스를 탔다. 버스 안에는 나들이를 가는 연인과 관광객이 대부분이었다. 타워에 가는 사람보다 테마파크인 2002 월드에 가는 사람이 더 많아 보였다. 버스는 꼬불꼬불한 2차선 도로를 따라 타워를 향해 올라갔다.

주경과 이룬은 서로에게 기대어 졸고 있었고, 홍래는 턱을 괸 채로 창밖을 멍하니 보고 있었다. 재윤은 펫폿피디아를 봤다.

타워에 가까워지자 뒷자리에 앉은 승객들이 웅성거리는 소리가 들렸다. 사람들은 곧 타워가 잘 보이는 오른쪽 창가 쪽으로 몰려들었다. 몇몇 승객은 휴대폰을 들고 타워를 향해 촬영 버튼을 눌렀다.

"와, 저거 뭐야? 대박 멋있다."

"2002 타워가 네이처리퍼블릭 하고 컬래버한 거 같은데."

시끄러운 소리에 주경과 이룬이 잠에서 깨어 주변을 둘러봤다. 재윤과 홍래도 그제야 타워 방향을 향해 고개를 돌렸다. 타워 외벽 절반가량이 분홍색으로 뒤덮여 있었다. 재윤이 무심코 휴대폰을 꺼내 그 모습을 사진으로 담았다. 그러자 홍래가 재윤에게 작은 목소리로 말했다.

"저거, 지난번 옥상에서 봤던 이상한 식물 아니야?"

반란

"에이, 설마⋯⋯. 말도 안 돼."

재윤은 고개를 가로저었다. 2002 타워 외벽을 타고 오른 분홍색 덩굴은 두 달 전 아파트 옥상을 삼킨 그 식물과 무척 닮아 있었다. 저렇게 선명한 분홍색을 가진 식물은 흔하지 않다.

버스 뒷좌석의 주경과 이룬이 타워를 향해 휴대폰을 들었다.

"어떻게 식물이 저렇게까지 자랄 수 있지?"

주경이 흥분한 목소리로 떠들었다. 이룬은 찍은 영상을 '#잭과 콩나무'라는 해시태그와 함께 SNS에 올렸다.

그때, 재윤의 휴대폰에서 알림음이 울렸다. 민하였다. 혼자 영화를 보러 간다는 메시지였다. 재윤은 화면을 바로 잠갔다.

곧 버스가 멈췄고, 네 사람은 차에서 내렸다. 버스에서 내린 승객은 얼마 되지 않았다. 차에 남은 승객들은 옆 테마파크에 가는 것 같았다.

"이게 무슨 냄새야."

주경이 눈썹을 찡그리며 코를 막았다. 썩은 과일에 벤젠을 끼얹은 듯한 달큰한 악취가 코를 찔렀다. 재윤과 홍래가 두 달 전 옥상에서 맡았던 냄새와 똑같았다. 재윤의 이마에 식은땀이 맺혔다.

넷은 타워를 향해 걸음을 옮겼다. 주경이 고개를 들어 분홍빛 타워를 올려다봤다.

"오늘 영업하는 거 맞겠지?"

식물은 타워 외벽과 창문을 가리지 않고 빽빽하게 뒤덮여 있었다. 직원들이 건물에 엉겨 붙은 줄기를 전지가위나 낫을 이용해 일일이 베어 내고 있었다. 줄기를 베자 반투명한 액체가 한 직원의 얼굴에 튀었다. 직원은 악취에 인상을 찌푸렸다.

이룬이 코를 막았다.

"네이처리퍼블릭에서 무슨 바이오 무기라도 만든 거야?"

네 사람은 매표소 안으로 들어섰다. 바닥에는 잘린 줄기들이 여기저기 흩어져 있었고, 직원 몇 명이 이를 쓸고 있었다.

매표소 앞에는 '영업 종료'라는 커다란 입간판이 세워져 있었는데, 그 뒤의 대형 모니터에서는 '365일 연중무휴'라는 문구가 옆으로 느릿하게 흘렀다. 이룬이 그 문구를 보고 비웃듯 한쪽 입꼬리를 올렸다.

"오늘 영업 안 하나요?"

홍래가 잎사귀를 치우던 직원에게 물었다.

"보시다시피 식물 때문에 오늘은 영업이 어려울 것 같아요. 타워 안에도 잔뜩 자라서요……. 저희도 뭐가 뭔지 잘 모르겠어요. 어제 퇴근 전까지만 해도 이런 건 없었거든요."

직원은 난처한 표정으로 매표소 안쪽을 가리켰다. 분홍색 줄기가 벽이며 테이블, 천장에 걸린 모니터까지 휘감고 있었다. 꽈배기처럼 꼬인 줄기에는 빨판 같은 돌기가 촘촘히 붙어 있었다.

재윤의 머릿속에 옥상에서 베어 낸 식물의 잔해가 떠올랐다. 아닐 거야……. 재윤은 마음속으로 중얼거렸다.

"저게 뭔 식물인데?"

이룬이 한쪽 눈을 찡그리며 물었다.

"나도 처음 보는 식물이야."

재윤이 코끝을 만지며 말했다. 물론 거짓말이었다. 홍래가 재윤의 눈치를 살폈다.

사실 두 사람은 저 식물이 아파트 옥상 그리고 송전탑 앞에서 본 식물이 맞다고 잠정적으로 결론을 내렸다. 그 식물을 죽을 만큼 힘들게 베었기 때문에 외형과 냄새를 생생히 기억했다.

남자 세 명이 매표소 입구로 들어섰다. 노란색 작업 재킷을 걸쳤는데, 그 안에는 넥타이를 매고 있었다. 재킷 등에는 '영동구청'이라는 큼직한 글씨가 적혀 있었다.

"다 나가세요! 안전 점검 들어갑니다!"

팀장으로 보이는 남자가 사람들을 향해 큰 소리로 외쳤다.

"안에 있으면 위험하니 얼른 대피하세요!"

네 사람은 떠밀리듯 건물 밖으로 쫓겨났다. 곧 타워 직원들이 구청 공무원과 경찰의 안내를 받아 건물 밖으로 나왔다. 누구 하나 서두르지 않았다. 마치 비상 대피 훈련처럼 느긋했다. 다른 경찰들은 타워 주변을 원형으로 둘러싸고 있었고, 그 옆에는 국토 안전 관리원의 승합차 두 대가 세워져 있었다.

경찰 한 명이 확성기를 입에 갖다 댔다.

"여기 계시면 위험합니다! 즉시 이동 바랍니다!"

하지만 시민들은 소풍이라도 나온 듯 타워 주변을 서성였다.

"저 식물이 그렇게 위험해? 냄새가 엄청 구리긴 해도 고작 식물이잖아."

주경은 타워를 구경하지 못하는 게 아쉬운 듯했다. 그때 새 소룡이가 뿌우— 하고 울었다.

"앗, 소룡아! 엄마가 우리 소룡이한테 하는 소리가 아네요. 우리 소룡이는 세상 누구보다 특별하니까."

주경이 크플로가 사랑스러운 듯 천천히 쓰다듬었다. 반면 호빵이는 무슨 일이 벌어진 줄도 모른 채 깊이 잠들어 있었다.

이룬이 턱끝을 잡으며 타워를 바라봤다.

"혹시 저 식물에서 유독성 물질이 나와서 그런 건 아닐까? 아니면 타워를 부식시킨다거나."

그러고 나선 목격한 것을 적는 모양인지 SNS에 뭔가를 쓰기 시작했다.

타워에서 대피한 사람들은 정류장에서 버스를 기다렸다. 하지만 아무리 기다려도 버스는 오지 않았다. 한참 후에야 구청 공무원 한 명이 뒤뚱거리며 정류장으로 뛰어왔다.

"오늘 버스 안 섭니다! 전부 우회예요!"

사람들 사이에서 짜증 섞인 탄식이 여기저기 터져 나왔다. 하지만 어쩔 도리가 없었다.

네 사람은 수십 명의 인파에 섞여 천명산을 걸어 내려갔다. 낮 최고 기온은 35도. 사람들은 하나같이 녹초가 되어 그야말로 좀비 행렬 같았다. 숨소리는 거칠었고, 누구 하나 말없이 걷기만 할 뿐이었다. 주경만이 세 살짜리 애처럼 신나게 뛰어 내려갔다.

"얘들아, 저기 송전탑 봐 봐!"

주경이 무언가를 발견한 듯 외쳤다.

"송전탑?"

재윤은 고개를 돌렸지만 아무것도 눈에 띄지 않았다.

"저기 안 보여? 약수터 방향으로! 핑크색!"

주경이 울창한 숲 쪽을 가리켰다. 재윤은 눈을 찡그렸다. 숲 한가운데로 송전탑 피뢰침이 간신히 모습을 드러내고 있었다. 나머지는 완전히 분홍 덩굴에 뒤덮여 흔적조차 보이지 않았다.

"바비 에디션 같아."

주경은 촬영 버튼을 연신 눌렀다.

재윤의 등 뒤로 서늘한 식은땀이 흘렀다. 홍래도 말없이 눈만 깜빡였다. 둘은 동시에 같은 생각을 했다.

'우리가 그때 버린 식물이 저렇게 자란 건 아닐까?'

저 송전탑은 몇 달 전 재윤과 민하 그리고 홍래가 정체불명의 식물을 버린 곳이었다.

재윤과 홍래는 산에서 내려올 때까지 한마디도 하지 않았다. 두 사람의 얼굴은 무척 지쳐 보였다.

다시 젊음의 거리로 돌아왔을 때는 이미 오후 세 시였다. 토요일답게 영동로에는 수많은 인파가 넘쳐나고 있었지만, 주경을 제외한 세 사람은 지쳐서 놀 기운조차 남아 있지 않았다. 이룬은 하품을 하며 휴대폰만 들여다봤다.

눈치를 보던 재윤이 먼저 입을 열었다.

"슬슬 헤어질까? 딱히 갈 곳도 없고."

"응, 나도 이상하게 피곤하네."

홍래가 고개를 끄덕이며 맞장구쳤다.

"벌써? 밥 안 먹어?! 나 신전떡볶이 먹고 싶단 말이야! 코인 노래방도 가고 싶고, 방방도 타고 싶단 말이야."

주경이 재윤의 팔을 세게 붙잡으며 떼를 썼다.

"아파!" 재윤은 주경을 겨우 떼어 냈다. "나 집에 있는 펫풋들에게 물 줘야 해."

"그러면 저녁이라도 먹자! 진짜 딱 한 시간만……. 나 오랜만에 논단 말이야!"

주경은 쉽게 물러나지 않고 재윤의 목을 팔로 감싸 매달렸다. 갑자기 재윤의 얼굴이 새하얗게 굳었다.

"아……, 내가 너무 세게 졸랐나? 미안."

주경은 자신이 오버했나 싶어서 얼른 사과했다.

하지만 얼굴이 굳은 것은 재윤만이 아니었다. 홍래도 죽은 사람을 본 것처럼 얼굴이 하얗게 굳어 있었다.

"너희 둘 다 왜 그러는데? 빅풋이라도 봤어?"

주경이 그렇게 말하며 뒤를 돌아봤다.

오늘의 초대받지 못한 손님, 민하가 건널목 건너편에 우두커니 서 있었다. 민하는 입술을 꽉 깨물며 눈물을 참고 있었다. 왼손에는 캐러멜팝콘이, 오른손에는 특전으로 받은 A3 크기의 〈포켓몬스터〉 포스터가 들려 있었다. 막 영화관에서 나온 듯했다.

눈이 마주치는 순간, 민하는 황급하게 등을 돌렸다. 그리고 반대쪽인 젊음의 거리 쪽으로 허둥지둥 걸었다. 이룬은 민망한 듯 고개를 돌렸고, 주경도 어쩔 줄 몰라 발끝만 내려봤다.

"민하야, 네가 생각하는 그런 게 아니야!"

횡단보도 신호등이 빨간색이었지만 재윤은 망설이지 않고 민하를 향해 달려갔다.

"민하야! 김민하, 거기 서!"

홍래도 뒤를 쫓았다. 두 사람이 무단 횡단을 하자 도로를 달리던 차들이 급하게 브레이크를 밟았다.

끼이이익—!

하지만 민하는 아랑곳하지 않고 인파를 가르며 달려갔다. 통통한 몸으로 사람들 사이를 요리조리 피해 가며 빠르게 내달렸다.

"아오, 저 녀석 왜 이렇게 빨라!"

재윤이 가쁜 숨을 몰아쉬며 말했다.

도주극은 길지 않았다. 열심히 도망치던 민하는 화장품 매장 앞 남자 아이돌 등신대에 쾅 하고 부딪혔다. 그 충격에 캐러멜팝콘이 공중에 휘날렸고, 아이돌의 웃는 얼굴은 무참하게 찢어졌다. 잘려 나간 아이돌의 머리가 팝콘과 함께 바닥에 나뒹굴었다.

"도망칠 필요까지는 없잖아. 괜찮아?"

홍래가 헐떡이며 다가가 민하에게 손을 내밀었다. 하지만 민하는 홍래의 손을 잡지 않았다. 고개를 푹 숙인 채 거친 숨을 내쉴 뿐이었다.

"그만하고 고개 좀 들어 봐."

재윤이 홍래를 거들었다.

고개를 든 민하의 눈은 새빨갛게 충혈돼 있었고 얼굴 전체가 눈물범벅이었다. 어디서부터가 땀이고 어디서부터가 눈물인지

구분할 수 없었다.

"요……요즘 내가 학원도 다니고, 마, 많이 바빠지긴 했지만, 우, 우리는 여전히 친구인 줄 알았어."

민하는 훌쩍이며 에코 백 안에서 둥글게 말린 종이를 꺼냈다. 지우가 피카츄를 들어 안고 있는 〈포켓몬스터〉 극장판 포스터 두 장. 재윤과 홍래 몫이었다.

"너희가 모두 사정이 있다길래, 일부러 표 취소 안 했어. 너희 포스터 챙겨 주려고……."

"미안해. 일부러 그런 게 아니야."

홍래가 사과했다. 저 멀리 주경과 이룬이 세 사람을 향해 달려오고 있었다.

"오늘은 주경, 이룬이와 놀고, 너랑은 다음 주말에 놀려고 했어."

재윤이 변명하자 홍래가 재윤에게 살짝 눈치를 줬다. 마치 '인마, 그렇게 말하면 안 되지'라고 하는 듯했다.

"엄마도 그러더라. 너희와 약간 멀어진 것 같다고 하니까, 중학교 친구는 어차피 대학 가면 다 잊힌다고……. 그래, 쟤들이랑 재밌게 놀아. 너희는 이제 나 같은 친구 없어도 되잖아. 나랑 다니는 거 쪽팔린 거 다 알아."

재윤과 홍래는 아무 말도 하지 못했다. 행인들이 주저앉아 울고 있는 민하를 힐끔힐끔 쳐다보며 지나갔다.

민하가 바닥에 떨어진 포스터를 주워 먼지를 툭툭 털더니 천천히 일어났다.

"이것도 내가 가져갈게. 너희는 필요 없으니까."

그러고는 등을 돌렸다.

"민하야······."

재윤이 불렀지만 민하는 들은 척도 하지 않고 인파 사이로 모습을 감췄다.

나침반

 기말고사 뒤풀이는 허무하게 막을 내렸다.
 주경은 불필요한 행동으로 민하에게 오해를 산 일에 대해, 이룬은 민하를 뒤풀이에서 빼자고 한 일에 대해 사과했다. 하지만 재윤은 "너희들 책임이 아니야"라고 말했다. 뒤풀이에서 민하를 제외하는 데 동의한 건, 결국 재윤과 홍래였다. 가장 큰 책임도 둘이 질 수밖에 없었다.
 이룬은 피곤해서 먼저 집에 가겠다고 했고, 주경도 이룬과 함께 가겠다고 말했다. 재윤과 홍래는 두 사람을 보낸 뒤 영담천 주변의 산책로를 걷기로 했다. 해는 천명산 너머로 뉘엿뉘엿 저물어 갔고, 숨 막히던 더위도 한풀 꺾였다. 수면에 반사된 주홍빛 노을이 눈부시게 일렁였다.
 두 사람은 산책로 주변 벤치에 앉았다.

"민하, 아직도 카톡 안 봤네."

재윤이 휴대폰을 보며 말했다. 카톡의 1은 여전히 사라지지 않고 있었다.

"그냥 부를걸……. 왜 그랬지?"

재윤은 민하에게 사과 메시지와 함께 민하가 뒤풀이에 빠지게 된 이유를 보냈다. 일행이 너무 많으면 복잡할 거 같고 까칠한 이룬 때문에 네가 불편해할 것 같았다, 대충 이런 맥락이었다. 설득력 있는 변명은 아니었지만 뭐라도 말해야 했다.

홍래가 바닥에 굴러다니는 돌을 툭 찼다.

"나도 민하에게 답장을 할까 고민했어. 근데, 솔직히 안 왔으면 좋겠다고 생각했어. 비겁하지?" 홍래는 갑갑한 듯 말을 이어 갔다. "이룬이가 온다고 해서 기분이 좋았어. 근데 민하가 눈치가 없잖냐. 이룬이 앞에서 내 흑역사를 말하면 어쩌나 걱정됐거든."

"너, 이룬이 좋아해?" 재윤의 눈이 동그래졌다. "그 애 좀 특이하잖아?"

"안 이상해." 홍래가 단호히 잘라 말했다. "그게 매력이야……. 눈꼬리가 올라간 것도 예쁘고."

그러고는 손끝을 만지작거렸다. 홍래가 누군가를 좋아한다고 말하는 것은 처음이었다.

"어휴……, 됐다, 됐어."

재윤이 하늘을 보며 크게 한숨을 쉬었다. 홍래의 갑작스러운 고백에 어쩐지 맥이 빠지는 기분이었다. 둘은 천명산 너머에 있는 2002 타워를 바라봤다. 땅거미가 스멀스멀 내려오며 타워 외벽의 푸른색 조명이 켜졌다.

"근데 아까보다 식물에 덮인 부분이 더 많아진 거 같다? 뭔가가 꿈틀거리는 거 같기도 하고……."

홍래가 말했다. 2002 타워 전체가 조명으로 빛나야 하는데 아래 절반이 어둠에 잠겨 있었다. 분홍색 덩굴에 가려진 것 같았다.

"설마……. 아니겠지. 기분 탓일 거야."

재윤이 고개를 내저었다.

어색한 침묵이 흘렀다. 눈치 게임을 하는 듯 둘은 시선을 교환했다. 입을 먼저 뗀 건 재윤이었다.

"타워에 자란 저 식물 말이야. 혹시 우리 때문일까? 예전에 옥상에서 본 식물하고 똑같이 생겼잖아. 송전탑에 펫폿을 버리러 갔을 때도 저 식물이 있었고……."

재윤의 목소리에서 초조함이 느껴졌다.

"그럴 리 없어. 우리가 산에 갔을 때 그 식물은 이미 자라 있었잖아. 원래부터 저렇게 될 식물이었던 거야. 그리고 저 식물은 펫폿이 아니야. 펫폿은 전기가 없으면 자랄 수 없다고 민하가 말했잖아."

홍래의 말꼬리가 점점 흐려졌다.

"송전탑 앞이니까 전류가 조금이라도 흐를 수도 있잖아?"

재윤이 반문했다.

"말도 안 돼. 저 송전탑은 십 년 넘게 버려진 곳이야. 설사 송전탑에 전기가 흐르더라도 그게 땅에서도 흐르지는 않는 거 너도 알잖아."

십오 년 전, 용원시는 도심의 전선을 땅에 묻는 지중화 사업을 했다. 당시 대부분의 송전탑이 철거됐지만 예산 문제를 이유로 일부는 철거되지 못했다. 물론 홍래의 말처럼 사용하지도 않는 송전탑에 전류가 흐를 가능성은 극히 낮았다.

"진짜 천 번 만 번 양보해서 우리가 송전탑에 버린 펫퐁이 저렇게 자랐다 하더라도, 송전탑과 타워 사이의 거리는 오백 미터가 넘어. 송전탑에서 자란 식물이 타워까지 갈 가능성은 없어."

홍래가 단호하게 말했다.

"그래……, 제발 그랬으면 좋겠다."

재윤이 고개를 숙였다. 그때, 두 사람의 휴대폰에서 알람 소리가 동시에 울렸다. 민하였다.

| 민하 | 변명 안 해도 돼. 오늘 혼자 영화 보니까 완전 좋더라. 혼자 세 자리 차지해서 앉았고, 팝콘도 포대 사이즈로 시켜서 다 먹었어. 너희에게 고맙더라. 사실 요즘 공부하느라 바빠서 너희랑 놀 시간 줄어들까 봬 걱정했거든? 알아서 멀어져 줘서 고마워. 닌 공부 열심히 해서 대원 외고 갈 거야. 너희는 너희대로 잘 살아. |

"많이 화난 거 같지?"

재윤이 휴대폰 화면을 덮으며 말했다.

"응……, 이렇게 화난 건 처음인 거 같은데? 닌텐도 스위치 망가 뜨렸을 때도 일주일 정도 갔는데, 이번에는 꽤 오래 갈 거 같다."

홍래가 머리를 긁적였다.

"아예 끝일 수도 있고."

재윤이 씁쓸한 목소리로 말했다.

"어디서부터 어긋났을까? 젠장……."

홍래는 바닥에 있는 돌 하나를 주워들어 물수제비를 던졌다. 돌은 수면 위를 통통 튀어 가다가 물에 풍덩 빠졌다. 물결이 잔잔히 퍼져 나갔다.

집에 돌아온 재윤은 호빵이를 외출용 가방에서 꺼내 조심스레 책상 위에 올려놓았다. 그 옆으로는 여덟 개의 펫폿이 줄지어 있었다. 루비 스팍스, 클로드 모네 같은 전설급 펫폿도 있었고 민들레를 닮은 솜솜이처럼 일반 등급 펫폿도 여전히 있었다.

호빵이가 몸을 떨면서 울기 시작했다.

"그래, 그래……, 오늘 돌아다니느라 피곤했지?"

재윤은 호빵이를 살살 쓰다듬었다. 어느새 성체가 된 호빵이는 이제 진짜 호빵만큼 커졌다. 그리고 야채호빵(녹색), 피자호빵(노란색) 등으로 진화할 수 있는데도 여전히 하얀색 호빵으로 남아 있었다. 아마 단팥호빵이 되려나 보다.

재윤은 냉장고에서 생수병을 꺼내 펫풋들에게 물을 줬다. 그러던 재윤의 눈동자가 갑자기 커졌다.

"뭐지……?"

줄기가 없는 호빵이를 제외한 모든 펫풋의 줄기가 특정 방향으로 기울어져 있었다.

"빛을 보려고? 그럴 리 없잖아."

펫풋은 광합성을 하지 않는다. 그러니 광합성을 위해 굳이 빛을 바라볼 필요가 없다. 게다가 지금은 저녁이다. 재윤은 휴대폰의 나침반 앱을 켜서 식물이 가리키는 방향을 확인했다.

"309도 북서쪽?"

재윤은 펫풋들의 줄기가 기울어 있는 방향으로 걸어갔다. 방문을 여니 엄마가 소파에 누워 저녁 뉴스를 보고 있었다. 재윤은 뒤 베란다의 통창을 열고 나침반이 가리키는 방향을 확인했다.

309도 북서쪽. 펫풋의 줄기가 일제히 향한 곳은 천명산 정상, 바로 2002 타워였다. 기분 나쁜 우연이었다.

"말도 안 돼……. 벌써 타워를 전부 덮은 거야?"

재윤 팔의 잔털이 곤두섰다. 타워는 아까 영담천에서 봤을 때보다 더 어두워 보였다. 조명은 거의 보이지 않았고, 꼭대기까지 불과 몇 층만을 남기고 식물에 삼켜진 모습이었다. 재윤의 등에 한기가 맴돌았다.

재윤은 거실로 돌아왔다. TV에서 뉴스 앵커의 목소리가 흘러나오고 있었다.

"오늘 오전, 용원시 천명산 2002 타워에 알 수 없는 식물이 자라나 시민 수백 명이 대피하는 소동이 벌어졌습니다."

재윤은 다급히 TV로 시선을 돌렸다.

"영동구청과 경찰은 정확한 원인을 파악하기 위해 건물 전체를 통제했습니다. 현재 건물에 흔들림 등 위험 징후는 없지만, 경찰은 만일의 사태에 대비해 시민을 대피시켰습니다. 농림 축산 식품부는 해당 식물의 정체를 파악 중이라고 밝혔습니다."

턱을 괴고 있던 엄마가 쯧쯧 혀를 찼다.

"이게 무슨 일이야. 별일도 다 있네. 재윤아, 너 오늘 2002 타워 갔었잖아?"

"응……, 전망대 가려다 대피하라고 해서 그냥 왔어."

TV 속 앵커가 뉴스를 이어 갔다.

"2002 타워 직원 다섯 명이 실종된 것으로 알려졌습니다. 경찰은 현재까지 범죄 혐의점은 없다며 건물 내부 CCTV와 신고자 진술을 확보해 당시 상황을 조사 중이라고 밝혔습니다. 정체불명의 식물과 직원 실종 사이의 연관성도 조사 중이지만, 경찰 관계자는 그럴 가능성은 희박하다고 밝혔습니다."

"아니, 요즘 왜 이렇게 실종자가 많아?" 엄마는 소파에서 일어나 걱정스러운 표정으로 재윤을 바라봤다. "넌 별일 없었지?"

"응, 괜찮아."

"동네 분위기가 너무 흉흉하니까 조심해야 해." 엄마의 이마에 주름이 잡혔다. "오늘 하루 종일 실종자 경보 문자가 오더라고. 그래서 계속 불안했어."

엄마 말을 들은 재윤은 휴대폰을 꺼내 실종자 경보 문자를 확인했다. 민하 문제로 정신이 하나도 없던 탓에 확인할 틈이 없었다. 뉴스에 나온 대로 실종자는 전부 다섯 명. 나이는 24세부터 62세까지 다양했다.

"요즘 같은 때는 친구들이랑 놀지 말고 곧바로 집으로 돌아와. 무슨 귀신이라도 씌인 건지, 실종자 대부분이 용원시에서 사라졌다더라. 다 천명산 갔다가 그랬대. 맘 카페에서 이거 때문에 난리야."

낮에 이룬이 설빙에서 했던 말과 똑같았다. 옥상, 2002 타워, 송전탑, 괴식물, 빅풋 그리고 실종자들……. 재윤은 머리가 지끈거렸다.

모든 사건이 천명산을 향해 있었고, 이를 연결하는 하나의 키워드가 있었다. 펫폿.

삐익—.

엄마와 재윤의 휴대폰에서 요란한 알림음이 동시에 울렸다. 안전 안내 문자였다.

"또 왔네……. 요즘 왜 이래, 정말."

엄마는 씁쓸한 표정으로 휴대폰을 들여다봤다.

"열네 살이라고? 어휴, 어떡해. 어린애가……."

재윤은 휴대폰 잠금을 풀고 문자를 확인했다.

[안전 안내 문자]

용원시 천명산 주변에서 실종된 김민하 씨(남, 14세)를 찾습니다.

163cm, 79kg, 커버낫 티셔츠, 반바지, 크록스 신발.

vo.la/Dfd!as/

전화: 182 [경기 남부 경찰청]

오후 8:41

재윤의 휴대폰이 바닥에 떨어졌다.

실종

민하가 실종됐다.

재윤의 눈앞이 새하애졌다. 실종이라는 단어가 머릿속에서 공허히 맴돌았다.

바닥에 떨어진 휴대폰을 허둥지둥 주웠다. 통화 기록을 한참 내려서야 겨우 민하의 이름을 찾았다. 떨리는 손으로 전화를 걸었지만 지금은 전화를 받을 수 없다는 기계음만 되돌아왔다.

> 민하야, 지금 어디야? 내가 잘못했어.
> 이 메시지 보면 꼭 연락 줘. — 재윤

민하한테 메시지를 보내고 나니 홍래에게 전화가 왔다.

"재난 문자 봤지?"

시끄러운 바람 소리에 홍래의 목소리가 군데군데 끊겼다.
"응……, 너 지금 운전 중이야?"
"너희 집 앞으로 갈게. 현관에서 기다려."
재윤은 바람막이를 걸친 뒤 방문을 살짝 열어 거실을 바라봤다. 엄마는 일일 드라마를 틀어 놓고 꾸벅꾸벅 졸고 있었다. 새벽 근무 탓인지 미간의 주름이 더 깊어 보였다. 재윤은 발소리를 죽인 채 살금살금 걸었다.
"엄마, 다녀올게."
엄마를 보며 재윤이 중얼거리듯 말했다.

재윤이 현관을 나서자 요란한 엔진 소리가 들렸다. 새하얀 헤드라이트가 곧장 재윤을 향해 미끄러지듯 달려왔다.
홍래가 헬멧을 벗었다. 짧은 앞머리가 눌려 있었고, 얼굴은 살짝 붉어져 있었다.
"어떡하지? 우리 때문에 실종된 거면 어떡해……."
재윤이 금방이라도 울 것 같은 목소리로 말했다.
"그게 지금 와서 뭐가 중요해. 민하를 찾는 게 먼저지. 뒤에 타."
재윤은 스쿠터 뒷자리에 올라타 홍래의 허리를 꽉 붙잡았다.
"근데 내 헬멧은?"
"거 참, 긴급 상황에 말 많네. 내 헬멧 써. 이거 쓰고 오래 살아."
홍래가 헬멧을 툭 던졌다.

시동을 걸자 스쿠터가 굉음을 내며 달리기 시작했다. 스쿠터는 아파트 단지를 벗어나 낡은 담장과 좁은 골목이 이어진 주택가로 향했다. 아스팔트에 남은 열기가 미지근한 바람이 되어 재윤의 얼굴을 때렸다. 하지만 재윤의 머릿속에는 온통 민하 생각뿐이었다.

스쿠터는 프랑스식 지붕을 얹은 2층 양옥 앞에 멈췄다. 홍래가 스쿠터에서 내려 초인종을 눌렀다.

"민하야!"

초인종을 누르자마자 민하의 어머니가 문을 열고 튀어나왔다. 민하가 돌아온 줄 알고 기대한 듯 눈빛이 반짝였다. 하지만 홍래와 재윤의 얼굴을 보자마자 입꼬리가 내려갔다.

"재윤이랑 홍래구나……. 민하 때문에 온 거니?"

어머니가 나직이 물었다.

"네."

재윤이 고개를 끄덕였다.

"민하에게 연락 온 거 없지?"

어머니가 재윤의 양어깨를 붙잡으며 말했다. 재윤은 한 걸음 뒤로 물러섰다.

"죄송해요. 저희도 민하를 찾으러 온 거예요."

"그렇구나…… 일단 들어오렴."

어머니는 두 사람을 집 안으로 안내했다. 오래된 목재 냄새에 로즈마리 향이 섞여 풍겨 왔다. 오래된 가구로 채워진 집은 고풍

스러운 분위기였다.

"민하 아빠는 지금 경찰서에 있어. 민하가 갈 만한 곳을 계속 찾아다녔거든."

어머니가 둘을 소파로 이끌며 말했다.

"너희에게 막 연락하려고 했어. 민하와 가장 친한 친구니까."

"가장 친한 친구"라는 말에 떳떳하지 못한 듯 재윤은 고개를 숙였다. 홍래도 벽에 걸린 뻐꾸기시계만 괜히 쳐다봤다.

"너희 민하랑 무슨 일 있었니?"

소파에 앉은 민하 어머니가 조심스럽게 물었다.

"그게 사실은……."

재윤이 낮게 입을 열었다. 최근 들어 민하와 소원해진 일, 기말고사 뒤풀이에 민하를 빼놓고 간 일, 오늘 젊음의 거리에서 다툰 일에 대해 말했다. 어머니는 숨을 죽인 채 재윤의 말을 가만히 들었다.

"죄송해요……."

"나한테 미안할 일이 뭐 있어. 게다가 민하에게 사과했잖아. 친구와 다투는 건 너희 나이 때에는 무척 당연한 일이야." 민하 어머니가 잠시 말을 멈췄다. "민하가 사라진 건…… 아마 너희 때문이 아닐 거야."

"네?"

둘은 동시에 고개를 들어 민하 어머니를 바라봤다.

"2002 타워가 식물로 덮였다는 뉴스를 보자마자 애가 하얗게 질리더니 갑자기 나가겠다고 하더라고. 그렇게 먹는 걸 좋아하는 애가 닭볶음탕도 뿌리치고 뛰쳐나갔다니까."

어머니가 소파에서 일어나 민하의 방을 향해 걸어갔다. 그런 뒤 둘에게 이리 오라는 듯 손짓을 했다.

방문이 열린 순간, 두 사람은 입을 다물지 못했다. 한쪽 벽을 전부 차지한 대형 유리 진열장 안에 크고 작은 화분들이 줄지어 서 있었고, 화분마다 라벨 프린터로 뽑은 이름표가 정성스럽게 붙어 있었다. 전부 펫폿이었다.

투명에 가까운 푸른빛 꽃잎을 지닌 '에메랄드 푸른종', 진화형 붓꽃인 'JCVD' 등 인터넷으로만 보던 레전드급 펫폿들이 진열되어 있었다. 이 방에 있는 펫폿의 가격을 전부 합하면 수백만 원은 거뜬히 넘을 것 같았다. 방 한쪽에는 공기 청정기가 요란하게 작동하고 있었고, 창문에는 블루투스로 작동하는 전동 커튼이 달려 있었다.

재윤의 시선이 한곳에 멈췄다. 진열장 속 펫폿들의 줄기가 모두 한쪽을 가리키고 있었다. 재윤은 슬쩍 지도 앱을 켜 줄기가 가리키는 방향을 확인했다.

홍래 역시 말문이 막힌 채 유리 진열장을 바라봤다. 민하가 펫폿을 좋아하는 것은 알았지만 이 정도일 줄은 몰랐다.

"민하는 원래 펫폿을 두 개만 키웠어. 근데 얼마 전 펫폿이 몇 개 더 생기고 나서 애가 완전히 달라졌어. 펫풋을 키우는 데 온통 정신이 팔려서……. 하루 종일 가드닝만 하거나 휴대폰으로 펫풋 사진만 보더라고. 한창 사춘기니 그럴 수 있다고는 생각했지만."

"어머니, 민하가 펫풋에 집착하는 거랑 갑자기 사라진 게 무슨 상관이 있는 거예요?"

재윤이 푸른종의 꽃잎을 살짝 건드렸다. 그러자 푸른종은 놀란 듯 움츠렸고, 투명했던 꽃잎이 서서히 비취색으로 변했다.

"민하가 요즘 학원에 안 가는 거 같아. 거짓말할 때 특유의 눈빛이 있거든."

민하 어머니는 목소리가 떨렸지만, 애써 담담하게 이야기했다.

"네?"

재윤과 홍래가 동시에 반문했다. 두 사람은 민하가 외고 준비반에 들어간 것 때문에 바빠진 것으로 알고 있었다.

"그럼 어디에 가는 거죠?"

재윤이 물었다.

"요즘 맨날 천명산에 간 거 같아. 학원 간다며 나갈 때마다 펫풋을 챙겨 갔거든. 그런데 돌아오면 그 펫풋이 없더라고. 아마 키우다 실패한 펫풋을 버리러 간 거 같아." 어머니가 씁쓸한 얼굴로 진열장을 바라봤다. "교복이 맨날 흙투성이였거든……."

"어머님은 저 타워의 식물하고 민하가 사라진 것이 연관이 있다고 생각하시는 거죠?"

홍래가 창밖의 2002 타워를 가리켰다.

"응, 사실…… 정확한 이유는 모르겠어. 그렇지만 천명산에서 무슨 일이 벌어졌고, 민하는 그것을 확인하기 위해 가지 않았을까 싶어. 그래서 얘 아빠랑 계속 천명산 쪽을 찾아보고 있었어. 다시 가 봐야지."

민하 어머니의 휴대폰에서 벨 소리가 울렸다. 민하의 아버지였다. 경찰과 함께 천명산 근처 CCTV를 확인했는데, 민하가 천명산 산책로를 올라갔다고 전했다. 달기 약수터 부근 CCTV에 포착된 것이 민하의 마지막 모습이었다.

"민하의 휴대폰 신호가 마지막으로 잡힌 곳이 약수터 쪽이라는구나."

민하 어머니가 한숨을 길게 내쉬었다.

"저희도 찾아볼게요."

재윤이 말했다.

"벌써 밤 열 시야. 아줌마랑 아저씨가 민하를 어떻게든 꼭 찾을 거야. 경찰이 밤새 천명산을 수색한다고 했으니 너희는 집으로 돌아가. 부모님이 걱정하신다."

"어머니, 괜―."

재윤이 괜찮다고 말하려는 순간, 홍래가 재윤의 팔을 몰래 꼬집고는 말을 낚아챘다.

"네, 어머니. 저희도 민하에게 연락이 오거나 새롭게 알게 된 사실이 있으면 꼭 연락드릴게요. 이만 가 보겠습니다."

그리고는 어머니에게 정중하게 인사했다. 재윤도 얼떨결에 따라 인사했다.

두 사람은 어머니가 집 안으로 들어가는 것을 확인한 후 스쿠터가 세워진 골목으로 빠르게 걸어갔다. 재윤이 홍래에게 따졌다.

"부모님이랑 같이 찾아야지. 왜 나중에 연락드린다고 했어?"

"바보야, 넌 눈치가 없냐. 이런 건 우리끼리 하는 거야. 어른이나 경찰이 얽히면 더 피곤해져."

"그럼…… 지금 찾으러 가는 거야?"

"그래, 어서 뒤에 타. 여기 헬멧."

헬멧을 받아 쓴 재윤은 홍래의 허리를 꽉 잡았다. 그때 재윤의 휴대폰이 밝아지며 푸시 알림이 왔다. 주경이었다.

"주경이한테 카톡 왔는데, 자기도 도와주고 싶대. 낮에 미안했나 봐."

재윤이 말했다.

"찾는 데 한 사람이라도 더 있으면 좋지."

홍래가 스로틀을 세게 당기자 스쿠터가 도로를 질주했다. 엄청난 바람 소리가 재윤의 귓가를 스쳤다.

"너, 아까 민하 방에서 휴대폰으로 뭘 확인한 거야?"

홍래가 큰 목소리로 물었다.

"펫풋들의 줄기가 모두 한쪽으로 기울어 있었어. 지도 앱으로 확인하니 저기더라."

재윤은 홍래 앞으로 보이는 2002 타워를 가리켰다.

"그냥 우연 아니야?"

"아냐, 우리 집에 있는 펫폿들도 똑같이 저곳을 가리켰어. 뭔가 있는 게 분명해."

두 사람의 어깨너머로 천명산이 보였다. 식물에 침식된 2002 타워가 희미하게 반짝이고 있었다. 마치 누군가에게 구해 달라고 말하는 듯이.

빅풋

 구름 한 점 없이 맑은 여름밤이었다. 스쿠터가 천명산 입구에 들어서자마자 축축한 물안개가 두 사람의 온몸을 휘감았다. 달빛과 가로등 불빛을 받아 물안개는 연보랏빛으로 빛났다.
 천명산 산책로는 텅텅 비어 있었고, 공원 관리 사무소만이 외롭게 불을 밝히고 있었다. 예전엔 늦은 밤 운동하는 어르신들도 있었지만, 요즘은 그분들조차 천명산을 멀리했다. 흉흉한 소문이 삽시간에 퍼지면서 천명산을 찾는 사람은 눈에 띄게 줄었다.
 홍래의 스쿠터는 버려진 송전탑이 있는 약수터를 향해 올라갔다. 예전 스쿠터는 출력이 부족해 제대로 오르기 힘들었지만, 지금 타는 125시시 모델은 이전보다 수월하게 올라갔다.
 "스쿠터 잘 샀지?"
 홍래가 가볍게 웃었다. 재윤이 준 희귀 펫풋을 팔아서 산 것이었다.

"그래." 재윤이 힘없이 웃었다. "주경이도 체육관 마치고 지금 출발했대. 일단 약수터로 오라고 했어."

"근데 걔가 도움이 되긴 하려나……."

홍래가 나지막이 중얼거렸다.

달기 약수터 앞에 스쿠터를 세운 재윤과 홍래는 '입산 통제 구역'이라고 적힌 플래카드 밑을 지나 숲으로 들어섰다.

"민하야! 김민하!"

두 사람은 크게 외치며 숲길을 걸었다.

숲은 두 달 사이에 더 울창해졌다. 무성한 나뭇잎 사이로 달빛이 어스름이 스며들었다. 두 사람은 손전등을 켰다.

숲은 고요했다. 새 소리는커녕 바람에 잎사귀가 흔들리는 소리조차 들리지 않았다. 생명체 하나 없는 저주받은 숲 같았다.

"그러고 보니 이룬이가 여기서 빅풋 나온다고 했잖아."

재윤이 긴장되는 듯 침을 꿀꺽 삼켰다.

"그 말을 믿냐. 여긴 한국이잖아! 빅풋이 숨을 곳이나 있겠어? 혹시라도 나타나면 내가 때려잡을게!"

홍래가 바닥에 굴러다니는 굵은 나뭇가지 하나를 집어 들어 세게 휘둘렀다. 재윤은 주변을 조심스레 둘러봤다.

"왜 하필 여기서 사람들이 실종된 걸까? 설악산처럼 큰 산도 아닌데."

"이유는 모르겠지만……, 저 징그러운 식물이 이 사태와 관련이 있는 것은 분명해. 저게 단순한 식물이라면 이렇게 크게 자랄 일이 없겠지."

그렇게 말한 홍래는 바닥에 듬성듬성 자라 있는 분홍빛 덩굴을 가리켰다.

두 사람은 민하의 이름을 외치며 송전탑 방향으로 걸어갔다. 안개가 점점 짙어졌다. 분홍색 식물도 바닥에 더 촘촘히 퍼져 있었고, 포자들이 안개 사이를 둥둥 떠다녔다. 재윤이 목을 문지르며 헛기침했다.

"보는 것만으로도 간질간질하네……."

얼마 지나지 않아 송전탑이 안개 너머로 모습을 드러냈다. 혈관 같은 분홍색 덩굴에 칭칭 감겨 있었다.

"진짜 장관이구먼. 살아 있는 것 같아."

홍래가 탑을 올려다보며 중얼거렸다.

"우리 체험 학습 때 국립 현대 미술관 갔잖아. 거기에 이런 설치 미술 있었는데."

재윤이 덧붙이고는 잔해가 쌓인 바닥에 손전등을 비췄다.

"이 근처 맞지? 우리가 펫폿 버린 곳."

홍래가 고개를 갸웃했다.

"그랬나? 다 엇비슷해서 모르겠는데……. 나중에 다른 사람이 더 버린 거 같아."

"여기다!"

재윤이 자신들이 펫폿을 버린 곳을 찾았다. 그곳에서도 버려진 지 얼마 되지 않은 펫폿들이 시들어가고 있었다. 대부분 호빵, 솜솜이, 고래꽃 등 일반 등급이었다.

"호빵이가 이걸 못 봐서 다행이야."

재윤이 쪼그라든 호빵을 보며 중얼거렸다.

버려진 펫폿 사이로 붉은빛을 띤 덩굴이 불길하게 자라나 있었다. 꺾인 줄기 사이로 송진 같은 점액이 뚝뚝 흘러내렸다.

"여기에 버리면 안 됐나 봐." 재윤이 자책하듯 말했다. "저 식물, 아무리 생각해도 우리가 버린 펫폿과 관련이 있는 거 같아."

"저 기분 나쁜 식물이 버려진 펫폿에서 자라났다는 이야기야?"

재윤은 고개를 끄덕였다.

"……아마도."

홍래가 무언가를 발견한 듯 무릎을 꿇었다.

"이거 민하 거 아니야?"

그러고는 플라스틱 도라에몽 액세서리를 주워 이리저리 돌려가며 관찰했다.

"맞아……." 재윤이 목소리가 작게 떨렸다 "민하 크록스에 달려 있던 거잖아."

재윤이 홍래 손에 있던 액세서리를 가져와 찬찬히 살펴봤다.

홍래의 눈이 커졌다.

"두 달 전에 떨어뜨린 걸까?"

"아니야, 두 달 전엔 운동화를 신고 왔어. 오늘 떨어뜨린 거야." 재윤의 눈이 반짝였다. "민하는 분명 이 근처에 있어."

재윤은 액세서리를 주머니에 넣었다. 민하를 금방이라도 찾을 수 있을 것 같았다.

두 사람은 송전탑 꼭대기와 연결된 사다리를 조용히 응시했다. 너무 높은 나머지 끝이 보이지 않았다.

"저기에 올라간 건 아니겠지?"

홍래가 말했다.

"설마……." 재윤이 머리를 긁적이며 중얼거렸다. 그러다 무언가를 발견한 듯 재윤의 눈이 커졌다. "잠깐, 저쪽에 뭐가 있는 거 같은데?"

그 말에 홍래가 손전등의 방향을 돌렸다. 불빛이 송전탑 기둥을 올라탔다.

분홍색 줄기에 검은 형체들이 감겨 있었다. 하나, 둘……, 아니, 셀 수 없을 만큼 많았다. 빛이 닿자 형체들은 서서히 윤곽을 드러냈다. 축 늘어진 팔, 굽은 다리 그리고 고개를 떨군 목이 보였다.

홍래는 손전등을 천천히 내렸다. 꿀꺽, 목젖이 움직이고 입술 끝이 떨리고 있었다.

"저거……."

홍래의 다음 말이 나오기까지 몇 초가 걸렸다.

"사람 아니야?"

"말도 안 돼."

재윤은 자신도 모르게 한 걸음 뒤로 물러섰다. 그러다 발을 헛디뎌 미끄러질 뻔했지만, 눈은 여전히 송전탑에 고정되어 있었다.

검은 형체들은 정말로 전부 사람이었다. 식물이 팔과 다리를 촘촘히 휘감고 있어 사람들은 겨우 얼굴만 내민 채 송전탑에 매달려 있었다.

20층 아파트 높이에 달하는 송전탑. 그 철골 틈새마다 수십 명이 덩굴에 붙들려 있었다. 대부분은 지면에서 7층에서 15층 정도 떨어진 높이에 있었기에 아래에선 쉽게 보이지 않았다.

말을 잇지 못하던 재윤의 눈가가 파르르 떨렸다.

"설, 설마……, 민하가 저기에 있는 건 아니겠지? 안 돼!"

홍래가 묶여 있는 사람들에게 다시 손전등을 비췄다. 하지만 손전등 불빛으로 높은 곳에 있는 사람들의 상태를 확인하는 것은 불가능했다. 희미하게 움직이는 사람이 있는 것 같았지만, 바람이 불어서 그런 것 같기도 했다.

홍래가 운동화 끈을 졸라맸다.

"내가 올라갔다 올게. 너는 밑을 지키고 있어. 민희기 니다날 수도 있으니까."

"저 위를 어떻게 올라가? 너무 위험하지 않아?"

재윤이 송전탑 꼭대기를 가리키며 말했다.

"괜찮아. 사다리 타고 올라가면 돼. 저 사람들을 그냥 냅둘 수도 없고."

홍래는 가볍게 스트레칭을 한 다음 사다리 디딤대를 꽉 잡았다.

"윽."

그러나 오른손을 사다리에 얹자마자 미간을 꽉 찌푸렸다. 덩굴이 사다리를 빽빽하게 덮고 있었는데, 그 표면은 타르가 묻은 것처럼 끈적였다. 홍래는 다시 사다리를 붙잡고 천천히 올랐다.

"끈적여서 손이 미끄러질 일은 없겠네."

홍래가 비꼬듯 중얼거리고는 속도를 조금씩 높여 갔다.

'저 높이에 사람을 어떻게 묶어 놓은 거지? 인간? 빅풋? ……아니면 저 이상한 식물?'

홍래는 금방 고개를 절레절레 흔들었다.

'인간이 저 높이까지 사람을 메고 올라가는 건 말이 안 돼. 그리고 빅풋도 말도 안 되는 소문이야. 식물이 움직인다고? 미모사처럼 반응할 수는 있어도, 인간을 옮기는 건 불가능해.'

문득 민하처럼 사고하는 것 같아 쓴웃음이 나왔다.

7층 정도의 높이에 오르자 싸늘한 바람이 홍래의 볼을 스쳤다. 그 바람에 닭 분뇨 같은 역한 냄새가 섞여 코를 찔렀다. 홍래는 인상을 찌푸리며 손전등을 입에 물고, 자유로워진 두 손을 이용해 식물에 묶여 있는 사람 쪽을 향해 이동했다. 끈적거리는 점액 때문에 발을 떼는 게 쉽지 않았다.

곧 홍래는 식물에 몸이 완전히 덮인 사람의 얼굴에 손전등을 비췄다. 운동복 차림의 이십 대 초반 여자. 여자는 마치 거미줄에 감긴 먹잇감 같았다. 얼굴은 얼음장처럼 창백했고, 곳곳에 새빨간 혈관이 보였다.

홍래가 여자의 코 밑으로 얼굴을 갖다 댔다. 여자는 더는 숨을 쉬지 않고 있었다. 그런데도 입가엔 흐릿한 미소를 머금고 있었다. 행복한 꿈을 꾸는 것처럼.

"하……, 이게 뭐야."

홍래는 다른 사람들의 상태도 확인했다. 전부 숨져 있었다. 사망자의 성별과 나이는 전부 제각각이었고, 그 가운데에는 제복을 입은 경찰도 있었다. 모두 식물에 감긴 채 숨을 쉬지 않았다.

저 밑의 재윤을 향해 홍래가 목청껏 외쳤다.

"여기 사람들 다 죽었어!"

"뭐라고?"

"다 죽었다고!"

그렇게 말한 뒤, 홍래는 혹시 모를 생존자를 찾기 위해 송전탑 사다리를 마저 올라갔다.

재윤은 망연자실한 표정으로 송전탑을 바라봤다. 손에 들린 도라에몽 액세서리가 떨렸다.

그 순간, 뒤쪽 수풀에서 부스럭거리는 소리가 들렸다. 화들짝 돌아본 재윤이 다급한 목소리로 외쳤다.

"민하야? 김민하?"

하지만 아무도 모습을 드러내지 않았다.

부스럭, 부스럭.

수풀 속에서 무언가가 움직였다. 그리고 갑자기 검은 그림자가 뚝 튀어나왔다. 재윤은 반사적으로 손전등을 돌렸다.

"민하……?"

민하치고는 컸다.

……너무 컸다.

처음에는 커다란 나뭇가지인 줄 알았지만, '그것'은 걷고 있었다. 두 발로. 사람처럼. 재윤은 본능적으로 한 걸음 물러섰다.

안개 속 실루엣은 인간보다 훨씬 컸고, 팔은 땅에 끌릴 만큼 길었다. 얼굴은 없었다. 오직 포충낭(주머니 모양으로 변형되어 벌레를 잡을 수 있는 식물의 잎)처럼 생긴 입 하나뿐.

붉은 털이 덮인 입이 천천히 벌어졌다. 마치 무언가를 삼킬 준비가 된 것처럼 보였다.

그것이 재윤을 향해 성큼 걸어왔다. 걸을 때마다 줄기들이 인간의 근육처럼 뭉쳐 수축과 이완을 반복했다.

재윤은 숨을 쉴 수 없었다. 저건 사람이 아니었다. 사람 흉내를 내는 괴물, 아니, 식물이었다. 자꾸만 시야가 흐려지고 다리가 떨렸다.

재윤은 자신의 뺨을 세게 때렸다. 그리고 눈을 크게 떴다.

"홍래야! 괴물이야! 어서 도망쳐야 해!"

송전탑 쪽을 바라보며 힘껏 소리 질렀다. 다리의 힘이 풀릴 것 같았지만 더 이상 지체할 수 없었다. 등을 돌린 재윤이 빠르게 달렸다. 그러자 괴물도 재윤을 뒤쫓았다. 재윤은 나무 사이로 정신없이 뛰어갔다.

"홍래야! 어서 도망쳐!"

재윤의 비명을 들은 홍래가 아래쪽을 쳐다봤다. 제대로 보이진 않았지만 매우 긴급한 상황인 것만은 확실했다. 어느덧 40미터 높이까지 올라왔던 홍래는 빠른 속도로 사다리를 내려갔다.

"모재윤! 일단 도망가! 내가 갈게!"

지상에 거의 도달했을 때, 홍래는 마음이 급한 나머지 사다리에서 뛰어내려 맨몸으로 바닥에 굴렀다. 재윤마저 잃을 수는 없었다.

괴물이 쉬익― 소리와 함께 팔을 휘둘렀다. 재윤이 몸을 숙이자 머리 위로 그 팔이 스쳐 갔다. 마치 쇳덩이에 맞은 것처럼 쩍 소리를 내며 옆 나무가 부러졌다.

"뭐 이렇게 세!"

재윤이 괴성을 질렀다.

그때 괴물의 반대쪽 팔이 늘어났다. 아까 날아온 팔보다는 가늘었시만 엄청난 속도였다. 그 주먹은 재윤의 배를 정통으로 강

타했다.

갈비뼈가 으스러지는 것만 같은 고통이었다. 배를 제대로 맞은 재윤은 산비탈 아래로 데굴데굴 굴렀다. 나무에 부딪힌 재윤이 고통스러운 듯 신음을 냈다.

"으으……."

괴물이 쓰러진 재윤을 향해 성큼성큼 다가왔다. 그러고는 재윤을 삼키려는 듯 거대한 입술을 벌렸다. 캄캄한 입안에서 우윳빛 점액이 뚝뚝 떨어졌다. 다른 것은 아무것도 보이지 않아 흡사 블랙홀 같았다.

"야! 이 새끼야!"

산비탈 위의 홍래가 괴물의 머리를 향해 커다란 돌을 던졌다. 괴물이 홍래 방향으로 고개를 돌렸다. 홍래는 바닥에 굴러다니는 녹슨 렌치 하나를 괴물을 향해 날렸다. 렌치는 괴물의 입안에 정확하게 들어갔다. 괴물은 고통스러운 괴성을 지르며 렌치를 뱉었다. 연기와 함께 치익 소리를 내며 렌치가 녹았다.

"무슨 에이리언이야?!"

재윤이 소리쳤다.

그사이 홍래는 산비탈을 미끄러져 내려왔다. 그리고 재윤에게 뛰어가 팔을 붙잡았다.

"어서 뛰어!"

홍래와 재윤은 서로의 손을 꽉 붙잡고 숲 밖을 향해 뛰었다.

그러나 곧 의식을 찾은 괴물이 두 사람을 뒤쫓았다. 재윤이 숨을 헐떡이며 말했다.

"갈지자로 뛰면 괴물이 못 쫓아오지 않을까?"

"그건 할리우드 영화에서나 통하는 거야! 닥치고 뛰어!"

홍래가 소리를 질렀다.

괴물의 속도는 인간만큼 빠르지는 않았지만 크기가 3미터에 달하는 만큼 보폭이 무척 컸다.

"저기 약수터야!"

재윤이 외쳤다. 나무 사이로 약수터 비석이 모습을 드러냈고, 그 옆에 세워 둔 홍래의 스쿠터도 보였다. 괴물은 팔 하나만 휘두르면 두 사람을 잡을 수 있을 만큼 가까워진 상태였다.

"으아아아!"

두 사람은 1.7미터 높이의 옹벽에서 뛰어내렸다. 바닥 위를 구른 둘은 도로 한복판에 철퍼덕 쓰러졌다.

홍래 쪽으로 다가선 괴물이 입을 크게 벌리자 그 안에서 또다시 묽은 점액질이 뚝뚝 떨어졌다. 상한 고기를 하수구에서 삭힌 듯한 냄새가 퍼졌다. 죽음의 냄새였다. 홍래는 눈을 감았다. 만화처럼 인생의 주마등이 머릿속에 스치지는 않았다.

그 순간, 위쪽에서 휘색 라이트가 반짝였다. 괴물이 고개를 돌렸다. 어떤 사람이 전동 킥보드를 타고 언덕에서 빠른 속도로 내려오고 있었다. 너무나도 익숙한 빨간 체육복, 주경이었다.

"죽어!"

주경이 기합을 넣듯 외쳤다. 그러고는 킥보드를 괴물의 얼굴에 정통으로 박아 버렸다.

쾅—!

둔탁한 소리와 함께 괴물의 몸이 뒤로 젖혀지며 휘청였다. 전동 킥보드는 공중으로 날아갔지만 주경은 땅에 무릎을 짚고 착지했다. 주경의 한쪽 입꼬리가 올라갔다.

"시동 걸어!"

주경이 소리를 질렀다. 홍래가 스프링이 팅기는 것처럼 스쿠터로 달려갔다.

부르릉—!

엔진 소리가 숲에 울려 퍼졌다. 재윤과 주경이 뒤에 올라타자 스쿠터가 도로를 내달렸다. 다시 중심을 잡은 괴물이 뒤에서 거친 숨소리를 내며 울부짖었지만, 이미 세 사람은 스쿠터를 타고 천명산을 벗어나는 중이었다. 괴물은 이내 숲 그늘 속으로 모습을 감췄다.

홍래의 스쿠터는 고가 도로를 질주했다. 괴물의 추격에서 벗어난 세 사람은 안도의 한숨을 쉬었다.

"이주경! 네 덕에 살았어. 고마워!"

홍래가 숨을 헐떡이며 말했다.

"재윤이가 약수터로 오라고 했는데 안개가 너무 짙어서 어디가 어딘지 모르겠는 거야!" 주경이 바람 소리를 뚫고 큰 소리로 외쳤다. "주변을 빙빙 돌다가 뭔가 이상하다 싶었는데, 마침 너희가 빅풋에게 쫓기고 있더라고!"

가쁜 숨을 고른 재윤이 입을 열었다.

"달기 약수터라고 했잖아. 지도 앱 보면 금방 오는데."

주경이 살짝 토라진 듯 입술을 내밀었다.

"야, 고맙다는 말부터 해야지. 내가 생명의 은인인데! 그리고 나 길치거든?"

"미……미안, 고마워, 주경아." 헬멧 속 재윤의 얼굴이 붉어졌다.

"……사실 우리랑 같이 민하 안 찾아도 되는데. 정말 고마워."

잠시 침묵이 맴돌았다. 재윤이 '대답을 잊었나?' 생각할 때쯤, 주경이 입을 뗐다.

"민하가 낮에 엄청 서럽게 울었잖아. 정말 미안했어……. 나도 예전에 엄청 친했던 친구와 크게 다툰 적이 있거든. 걔가 다시 손 내밀기만 기다렸는데, 그게 한 달이 되고 반년이 되더라."

재윤이 슬쩍 뒤를 돌아보니 주경은 고개를 깊이 숙이고 있었다.

"언젠가는 화해할 거야, 언젠가는 다시 볼 거야, 그런 건 없더라. 그러니까 민하 꼭 찾자."

주경의 목소리가 잠겨 있었다.

스쿠터는 어둠을 가르며 달렸다. 푸른 가로등 불빛만이 아이들을 쫓았다.

"……배에서 꼬르륵 소리 나."

주경이 혼잣말처럼 중얼거렸다.

새벽에도 찬란하게 빛났던 2002 타워는 칠흑같이 깜깜했다. 이제 식물들은 천명산만이 아니라 주거지에도 조금씩 분홍빛 줄기를 뻗쳐 나가기 시작했다.

용원시는 시계 제로를 향해 천천히 움직이고 있었다.

딜

 아파트 상가 미니스톱 앞에 스쿠터가 섰다. 편의점 문이 열리자 종이 맥없이 딸랑거렸다. 주경은 넓적다리 치킨과 웰치스를, 홍래는 참깨라면과 삼각김밥을, 재윤은 카스텔라와 우유를 골랐다.
 셋은 매장 밖 간이 테이블에 자리를 잡았다. 테이블은 몹시 지저분했고, 바닥에는 빈 소주병과 담배꽁초가 널려 있었다.
 "어휴……, 담배 냄새."
 주경이 옷 끝으로 테이블을 대충 문질렀다. 그러고는 치킨을 들고 한 입 크게 베어 물었다.
 치킨을 씹던 주경이 입을 열었다.
 "어서 말해 봐. 그 괴상한 생명체는 뭐고, 민하에게 무슨 일이 생긴 건지."
 재윤이 민하 집의 수많은 펫폿, 송전탑에 매달린 시체들 그리고 마지막에 마주친 괴물까지 그날 있었던 일을 전부 털어놓았다. 주경은 고개를 끄덕이며 조용히 이야기를 들었다.

주경이 남은 웰치스를 원샷한 뒤 입을 뗐다.

"경찰에 신고하자."

"신고하면 일이 너무 커지지 않을까? 나 엄마 주무시는 사이에 몰래 나온 거라서."

재윤의 목소리가 점점 줄어들었다. 사실 송전탑 앞에 몰래 펫폿을 버린 일이 마음에 걸려 신고가 꺼려졌다.

"당연히 신고해야지. 송전탑에 수십 명이 죽어 있었다며? 이건 우리가 감당할 수 있는 일이 아니야."

주경이 단호한 어조로 말했다. 시체를 두 눈으로 직접 본 홍래도 고개를 끄덕였다.

"……그래."

재윤은 마지못해 동의했다.

"근데 우리 말을 믿어 줄까? 장난처럼 들릴 수도 있잖아."

"우리가 겪은 상황이 장난이 아니잖아. 그걸 왜 걱정해?"

주경이 자리에서 일어나며 말했다. 그리고 자유투를 넣듯이 음료수 캔을 쓰레기통에 던졌다.

홍래는 지구대에서 약간 떨어진 공원에 스쿠터를 세웠다.

"왜 여기까지 와서 세워? 지구대 바로 앞에 세워도 되는 거 아니야?"

주경이 고개를 갸웃거리며 물었다. 홍래가 스쿠터 시동을 끄며 중얼거렸다.

"지구대 앞에 세우면 걸려. 나 무면허야."

주경의 눈이 동그래졌다.

"헐, 그러고 보니 너 아직 원동기 면허 나오는 나이 아니구나. 네 얼굴 때문에 잊고 있었어."

주경이 또래에 비해 성숙한 홍래의 얼굴을 가리키며 말했다.

"응, 나 아직 열다섯이야. 면허는 내년에 딸 수 있어."

홍래가 익숙한 목소리로 답했다.

"진짜……, 나중에 걸려도 난 몰라."

주경이 어깨를 으쓱했다.

세 사람은 지구대의 콘크리트 건물을 향해 걸어갔다. 녹색 담장에는 재보궐 선거 후보자 홍보물이 길게 붙어 있었고, 그 위로 남보랏빛 새벽하늘이 보였다. 지구대 옆 버스 정거장에는 청소 노동자들이 담소를 나누며 새벽 첫차를 기다리고 있었다.

출입구 앞에 이르자 세 사람의 발걸음이 동시에 멈췄다. 재윤이 지구대 유리창 너머를 힐끔 바라봤다.

"정말 믿어 줄까?"

그렇게 말한 새윤은 짧게 한숨을 쉬었다.

주경이 한발 앞서 나섰다. "또 그런다. 안 믿으면 어쩔 건데?" 그러고는 두 아이를 돌아보며 문손잡이를 꽉 잡았다. "어떻게든 믿게 만들어야지."

말을 마친 주경이 문을 힘껏 열었다.

지구대 안에서는 경찰관 네 명이 당직 근무를 서고 있었다. 근육질의 막내 최 경사는 민원실 책상에 앉아 한 손으로 턱을 괸 채 무료한 듯 펜을 빙글빙글 돌리고 있었다. 휴대폰을 힐끔 보니 다음 교대까지는 아직 다섯 시간이나 남아 있었다. 자신도 모르게 큰 하품이 흘러나왔다. 실종 사건 때문에 지구대장까지 비상 대기 상태라 더 눈치가 보일 수밖에 없었다.

그때 온몸에 상처가 난 남학생 둘과 체육복 차림의 여학생 하나가 지구대 문을 열고 다급히 들어섰다. 경찰들의 시선이 아이들에게 쏠렸다.

"얘들아, 무슨 일이야?"

심상치 않은 상황이라는 것을 눈치챈 최 경사가 자리에서 일어나 세 사람에게 다가갔다.

"사람들이 송전탑에 매달려 있어요." 재윤의 눈동자가 떨렸다. "다…… 죽은 것 같아요."

"괴물도 있어요. 진짜예요!"

홍래가 덧붙였다.

"뭐라고?"

최 경사의 눈썹 끝이 일그러지듯 올라갔다. 아이들의 옷은 진흙투성이였고, 피가 여기저기 묻어 있었다.

"……너희 괜찮은 거 맞지? 일단 여기 앉아."

최 경사는 세 아이를 민원실 의자로 이끌었다.

재윤은 천명산에서 벌어진 일들을 빠짐없이 설명했다. 다만 분홍색 식물을 자신이 버렸다는 사실은 끝내 말하지 않았다.

재윤의 이야기가 끝나자 최 경사는 믿을 수 없다는 듯 침묵했다. 굳은 한쪽 입꼬리 끝이 살짝 올라가더니 곧 헛웃음으로 바뀌었다.

"너희, 이상한 약 하는 거는 아니지?"

가만히 있던 주경이 고개를 치켜들며 말했다.

"애들 상태 보면 모르세요? 옷도 다 찢기고 상처투성이잖아요. 친구를 구하러 갔다가 죽을 뻔한 애들한테 어떻게 그런 말을 해요? 시신들이 송전탑에 묶여 있다고요! 생존자가 있을지도 모르니 어서 구해야 해요!"

"아……알았어. 일단 지구대장님께 보고하도록 할게."

최 경사는 마지못해 자리에서 일어나 가장 안쪽 책상에서 졸고 있는 지구대장에게 다가갔다. 한 번 보면 전혀 기억하지 못할 정도로 평범한 인상의 여성이었다. 몽타주 화가들이 가장 싫어하는, 기억에 남지 않는 얼굴.

최 경사는 조심스레 지구대장을 깨웠다. 무심하게 눈을 뜬 지구대장은 최 경사의 귓속말을 듣자마자 흐리던 시선이 송곳처럼 날카로워졌다. 그는 곧장 전화기를 들어 버튼을 빽빽 눌렀다.

그 모습을 힐끗 본 최 경사가 다시 아이들에게 다가갔다.

"지구대장님께서 잠시 기다리라고 하시네. 나중에 따로 물을 게 있으신가 봐."

세 사람은 민원실 의자에 나란히 앉아 지구대장을 기다렸다. 시간은 더디게 흘렀다. 지구대장은 좀처럼 자리에서 일어나지 않았다. 그저 계속 어딘가로 전화를 걸었고, 가끔 작은 목소리로 대답하며 무언가를 메모했다. 아이들은 점점 초조해졌다.

그 순간, 지구대 문이 쿵 소리를 내며 활짝 열렸다. 아이들의 시선이 문으로 향했다.

"모두 수고하십니다! 딸꾹."

팬티와 러닝 차림의 아저씨가 비틀거리며 들어왔다. 그러더니 긴 벤치에 철퍼덕 주저앉아 편하게 몸을 기댔다.

"저 양반 또 왔네." 머리가 희끗한 경찰관이 한숨을 쉬었다. "선생님, 제발 집에서 주무세요!"

"오늘 날이 선선해서 한잔했지. 좀 쉬다 갈게~."

주취자는 의자에 눕다시피 하더니 금세 코를 골기 시작했다. 최 경사가 익숙한 듯 어깨를 으쓱거렸다.

"신경 쓰지 마. 저분은 늘 그래. 곧 나가실 거야."

지구대 안에 코 고는 소리만 울렸다. 아무리 봐도 수십 명이 죽었다는 신고를 받은 경찰의 반응이라기엔 너무 태평했다. 주경이 여전히 전화를 놓지 않는 지구대장을 노려봤다.

"아니, 저 아줌마 뭐 하는 거야? 지금 당장 송전탑으로 사람 보내서 확인해야 하는 거 아니야? 경찰청과 소방 재난 본부에 협조를 구하고! 영화 보니까 다 그렇게 하던데!"

결국 주경은 자리를 박차고 일어났다.

"아저씨, 언제까지 기다려야 해요? 수십 명이 죽었다고 했잖아요!"

최 경사는 미안한 얼굴로 손을 내저었다.

"미안하다……. 믿을 수 없는 이야기라서 확인하는 데 시간이 걸리나 봐. 요즘 실종 사건이 많아서 우리 지구대가 정신이 없어. 내가 다시 말씀드리고 올게."

그러고는 다시 지구대장에게 다가가 아이들을 가리키며 귓속말을 했다. 주경은 화가 풀리지 않은 듯 씩씩거리며 지구대장을 계속 노려봤다.

그때, 지구대 밖에서 차가 서는 소리가 들렸다. 밝은 헤드라이트 불빛이 창문 너머 지구대 안까지 비췄다. 최 경사가 창밖을 보더니 이내 표정이 굳었다

검은색 세단에서 내린 삼십 대 남성이 곧장 뒤쪽으로 달려가 뒷문을 열었다. 차에서 내린 여자는 바이올렛 트위드재킷에 스커

트를 입고 굽이 낮은 힐을 신고 있었다.

여자가 지구대 문을 열고 또각또각 들어서자 단 한 번도 자리를 뜨지 않았던 지구대장이 벌떡 일어나 뛰어갔다. 그리고 각 잡힌 자세로 경례했다.

"충성!"

다른 경찰들은 무슨 일인지 몰라 지구대장을 멀뚱히 쳐다봤다.

"야, 이 멍청이들아! 행안부 차관님도 몰라보고 뭐 하는 거야?"

그 말에 경찰들이 허겁지겁 자리에서 일어나 경례했다. 여자는 귀찮다는 듯 손을 아래로 내렸다.

"됐고, 그 애들 어딨어요?"

여자의 이름은 고유이. 국가 재난과 안전을 총괄하는 최연소 행정 안전부 차관이자 재난 안전 관리 본부장이었다.

사실 지구대장은 최 경사의 보고를 받은 뒤 순찰 중이던 경찰을 송전탑으로 급파했다. 아이들의 말대로 수십 구의 시체가 발견됐다. 지구대장은 이 사실을 고 차관에게 보고했다.

고유이는 보고를 받자마자 기록 삭제를 지시했다. 그리고 주무관을 깨워 이 새벽에 세종시에서 용원시까지 차를 몰게 한 것이다.

"차관님이 직접 오실 줄은 몰랐습니다."

지구대장이 떨리는 목소리로 말했다. 재윤은 지구대장이 저렇게 눈을 크게 뜰 수 있는 사람이라는 것을 처음 알았다.

고 차관은 지구대장의 말을 듣고도 아무 반응도 하지 않았다.

그냥 모기가 윙윙거리는 소리쯤으로 듣는 것 같았다. 고 차관이 민원실 의자에 앉아 있는 세 아이를 내려봤다.

"너희구나."

고 차관의 입에 희미한 미소가 피졌다. 그는 곧 경찰들을 향해 고개를 돌렸다.

"모두 나가 줄 수 있겠어요?"

말투는 정중했지만, 사실상 명령이었다.

근무 중이던 경찰들이 눈치를 보다가 하나둘 나갔다. 지구대장만이 그대로 자리에 남아 있었다.

"당신은 왜 안 나가지?"

고 차관이 지구대장을 쏘아보듯 노려봤다. 지구대장은 얼굴이 빨갛게 상기된 채 문밖으로 나갔고, 민원실에는 고 차관과 세 사람만 남았다.

고 차관이 아이들 옆 의자에 앉았다. 입가엔 미소가 맴돌았지만, 눈동자는 깜빡임 외에 아무런 미동도 없었다.

"애들아, 오늘 괴물에 쫓기고, 무서운 것도 봐서 많이 힘들었지?" 그렇게 말한 고 차관은 의자 등받이에 몸을 편하게 기댔다. "오늘 일은 너희 마음속에만 두자. 괜한 말이 나오면 많은 사람이 다치게 될지도 모르니까."

"왜요?"

주경이 나소 싹수없는 목소리로 되물었다. 고 차관은 잠시 눈을 감았다가 다시 아이들을 바라봤다.

"아줌마는 지금 정부에서 재난과 안전을 담당하는 일을 하고 있어. 요즘은 모든 정보가 너무 빨리 퍼지고, 불안은 순식간에 폭발하지. 특히 괴물이 나온다거나 시신이 발견됐다는 가짜 뉴스가 떠돈다면, 시민들은 큰 혼란을 겪겠지?"

"정부에게 불리하면 다 가짜 뉴스예요?"

고 차관의 버건디색 입술이 미묘하게 일그러졌다. 그가 가죽 파우치에서 전자 담배를 꺼내 입에 물었다. 고 차관이 내뿜은 연기가 주경의 얼굴 위로 흘러갔다.

"천명산에서 무슨 일이 있었는지는 우리도 조사 중이야. 그게 괴물인지, 식물인지, 외계인인지 알기 전까지는 불필요한 정보가 세상에 퍼지는 것을 막는 게 맞지 않을까?"

고 차관의 목소리는 온화했지만 쉽게 거역할 수 없는 위엄이 있었다.

"너희가 더 다치지 않았으면 해. 내 자식이 너희 또래라서 더욱 그래."

하지만 아이들은 고 차관의 말을 고분고분하게 믿을 만큼 순진하지 않았다. 주경은 대놓고 팔짱을 끼고 고 차관을 노려봤다.

"그런 말, 우리한텐 안 통해요." 주경이 냉랭하게 말했다. "자식이 우리 또래라고요? 아줌마 애, 아직 어린이집 다니잖아요. 지난 총선 때 데리고 나와서 선거 운동한 거 다 기억해요. 그때 워킹맘을 위한 보육 시설을 확대한다면서요."

"네가 그걸 어떻게 아는데?"

고 차관이 흥미로운 듯 주경의 얼굴을 훑어봤다.

"울 엄마가 아줌마 캠프 선거 운동원이었거든요. 저도 몇 번 구경 갔었고요." 주경이 눈을 치켜떴다. "중학생한테 협박이나 하는 주제에 무슨 시민 안전을 걱정하세요? 재보궐 선거가 코앞이니까 천명산에서 벌어지는 일을 잠시 숨기려는 거잖아요. 천명산에서 수십 명의 사람이 죽었다는 사실은 여당에 있어 최악의 뉴스니까요. 아줌마 캠프에서 고생한 울 엄마가 불쌍해요."

주경의 날 선 말이 끝나자 옆에 있던 두 아이의 얼굴이 순식간에 하얘졌다. 고위 공무원에게 저렇게 말해도 되는 거야?

그러나 고 차관은 눈 하나 깜짝하지 않았다. 오히려 미소를 머금고 주경을 바라봤다.

"아주 당찬 아이네." 그러고는 고개를 살짝 기울이며 물었다. "너, 나한테 원하는 게 있니? 돈이라도 달라는 거야? 장학금? 새 휴대폰? 아니면 추천서?"

주경은 고개를 가로저었다.

"제 친구를 찾아 주세요. 이름은 김민하고, 지금 실종자 명단에 있어요. 군인과 경찰이 수색을 하고 있는 것으로 알아요. 그 아이만 찾으면…… 우리, 아무 말도 안 할게요."

고 차관이 흥미로운 듯 턱을 들어 주경을 내려봤다. 한쪽 입꼬리가 구겨졌다. 주경이 휴대폰을 들어 보이며 재윤과 홍래를 바라봤다.

"저희는 천명산에서 아무것도 보지 않았고, 듣지도 않은 것으로 할게요. 거기서 촬영한 사진이나 영상도 이 세상에 절대 남기지 않을 거예요."

재윤과 홍래는 서로의 얼굴을 슬쩍 쳐다봤다. 재윤의 입술이 바짝 말랐고, 홍래의 눈 밑이 떨렸다.

주경의 말은 거짓말이었다. 세 사람에게 증거 사진은 하나도 없다. 이건 블러핑이자 도박이었다.

"……만약 그 애가 예기치 못한 사고로 죽었다면? 그리고 그게 진짜 사고인지, 계획된 사고인지 너희가 어떻게 알 수 있는데?"

고 차관의 입꼬리 끝이 기분 나쁘게 올라갔다. 재윤은 고 차관의 번듯한 모습 속에 도사리고 있던 뱀 같은 본성이 언뜻 드러난 것 같아 소름이 돋았다. 하지만 주경은 꿈쩍하지 않았다.

"그러면 협상 결렬이죠. 민하는 어떻게든 살아야 해요."

고 차관이 주경을 향해 오른손을 쓱 내밀었다. 짙은 붉은색 네일이 눈에 띄었다. 주경은 당황한 듯 그 손을 쳐다봤다.

"뭐 해?"

주경이 오른손을 내밀어 고 차관과 악수했다. 고 차관은 주경의 손을 힘껏 움켜쥐고 흔들었다.

손을 놓은 뒤, 고 차관은 자기 손을 한 번 쳐다봤다. 땀이 흠뻑 묻어 있었다. 자신의 땀은 아니었다. 고 차관은 가볍게 씩 웃었다.

용무가 모두 끝난 고 차관은 지구대 문밖으로 저벅저벅 걸어 나갔다. 그리고 아이들을 보며 오른손을 들어 보였다.

"잊지 마. 넌 선택했어."

고 차관이 문밖으로 사라지자, 주경은 그대로 제자리에 주저앉았다.

"차라리 아까 그 괴물이 낫겠어······."

주경의 이마에 땀이 송골송골 맺혀 있었다.

세 사람이 지구대 밖으로 나서자 보랏빛이었던 하늘이 선홍빛으로 불타오르듯 물들어 있었다. 경찰들은 전부 고 차관을 정중히 배웅하고 있었다. 지구대장은 고 차관의 검은 세단이 사라질 때까지 허리를 굽히고 있었다. 최 경사는 입술을 꽉 다물고 있었는데, 어쩐지 우울한 표정이었다.

재윤은 지구대 담장에 걸려 있는 재보궐 선거 포스터를 쓸쓸히 바라봤다.

"아무리 선거가 중요해도······, 수십 명의 피해자가 생긴 사건을 숨기는 게 맞는 걸까?"

"당연히 개소리지. 민하 찾기만 해 봐."

주경이 슬쩍 왼쪽 손목의 스마트워치를 확인했다.

"지금은 민하를 찾는 게 먼저야. 정부도 언제까지나 분홍색 식물, 빅풋, 실종자에 대한 소문을 숨길 수는 없을 거고."
 홍래가 말했다.
 하지만 진실이 온 세상에 알려지는 데에는 하루도 채 걸리지 않았다.

비명

    재윤은 홍래, 주경과 헤어진 뒤 집으로 돌아왔다. 재윤의 엄마는 재윤이 몰래 집에서 빠져나간 사실을 눈치채지 못하고 방에서 자고 있었다.
    방으로 들어서자 호빵이가 물을 달라고 울고 있었다. 재윤은 화분에 물을 주고 잠옷으로 갈아입었다. 그리고 침대에 눕자마자 휴대폰을 켰다.
    휴대폰 속 세상은 완전히 난리가 나 있었다. 포털 사이트 메인에는 분홍색 덩굴에 뒤덮인 타워의 사진이 주르륵 떠 있었다. SNS에서는 '빅풋' '실종자' '핑크 식물' 같은 단어들이 실시간 트렌드에 올랐다.
    2002 타워가 분홍색 덩굴에 완전히 잠식됐다는 소식은 순식간에 퍼져 나갔다. 처음엔 그저 토픽성 기사 정도로 여겨졌지만, 한

언론사가 용원시의 대규모 실종 사건이 분홍빛 식물과 연관되어 있다는 보도를 내면서 상황이 급변했다. 포털, 유튜브, 인스타그램, X까지 타워를 잠식한 정체불명의 식물이 주요 이슈였다. 용원시의 이름은 기사에 꼬리표처럼 따라붙었고, 해외 매체에서도 이 사건을 다루기 시작했다.

재윤은 조용히 휴대폰을 뒤집어 놓았다. 이 사실이 알려지면 큰일이라던 고유이 행정 안전부 차관의 말이 떠올랐다. 하지만 고 차관이 숨기려고 한 진실은 한 시간도 못 넘기고 세상에 드러났다. 그 모든 것이 어쩐지 우습게 느껴졌다.

그제야 밤새 벌어진 난장판으로 인한 피로가 몰려와 졸음이 쏟아졌다.

그 시각, 용원시장 집무실은 아수라장이었다. 휴대폰은 물론 책상 위 전화기들도 쉴 새 없이 울렸다.

"저거 다 뽑아 버려!"

강보민 시장이 고함치자 비서실장이 재빨리 전화선을 뽑기 시작했다.

"시장님, 오늘 기자 회견 정말 하셔야겠습니까?" 비서실장이 시장의 눈치를 살피며 물었다. "이럴 때일수록 함부로 나서지 않는 게 좋을 텐데요······. 예감이 안 좋아요."

"아까 고유이 차관에게 전화 왔어."

강 시장은 넥타이를 매며 턱으로 TV를 가리켰다. TV에 고 차관이 나와 중대본 브리핑을 하고 있었다.

"선거 전까지는 아무 일도 없었던 것처럼 덮고, 실종자든 빅풋이든 다 없다고 말하래. 전부 대통령 뜻이라며."

비서실장이 눈썹을 찌푸렸다.

"아무리 그래도……. 이미 실종자가 수십 명에 달하는데, 이게 덮는다고 덮어져요?"

강 시장이 넥타이 매듭을 세게 당기며 비서를 노려봤다.

"이번 용원시 재보궐, 우리가 지면 대통령은 바로 레임덕이야. 게다가 곧 국정 조사 시즌이야. 야당이 가만히 있겠어?"

"시장님, 기자 회견은 하지 마세요. 진실이 드러나면 저희 전부 끝입니다. 다음 선거가 문제가 아니라 업무상 과실 치사로 징역을 살 수도 있어요. ……세상에 영원한 건 없습니다."

"또, 또! 자네는 왜 그렇게 겁이 많아? 여기서 물러서면 난 경기도 지사도, 대통령도 못 돼. 내 정치 인생이 용원시장에서 끝나게 두고 볼 순 없어."

"시장님―."

"자네가 무슨 말 할지 알아. 괴물은 말도 안 되는 헛소문이고, 실종자가 갑자기 늘어난 건 우연의 일치일 뿐이야. 코인시던스(coincidance)!"

시장은 팩스 앞에 나가가 서류 한 장을 꺼내 들었다.

"이것 좀 봐! 국토 안전 관리원에서 보고서 나왔잖아. '2002 타워, 중대한 결함 없음'이라고."

그러면서 A4 용지를 달랑달랑 흔들었다.

"이거 다 고유이, 그 여자가 수작 부린 거 아닙니까? VIP 눈에 들어 행안부 장관을 허수아비로 만들고 자기가 그 자리를 독차지하고 있잖아요!"

"말조심해. 그 여자가 실세니까." 강 시장이 눈을 부릅떴다. "나도 그 여자 라인인 거 잊지 마."

"제가 오랫동안 봐 와서 압니다. 이럴 때일수록 편법을 쓰면—."

"자넨 좋은 사람이지만 너무 나이브해. 지금이 위기 같지? 기회야. 내가 문제없다고 선언하면 문제가 없는 거야. 나 강보민이야! 나만 믿어."

강 시장이 자신의 가슴을 주먹으로 탕탕 쳤다.

"너 언제까지 내 비서 할래? 국회 의원도 하고, 공사 사장 같은 것도 한 번 해야지."

비서실장이 고개를 숙였다.

"시장님……, 진짜 괜찮을까요?"

"어차피 아사리 판, 모 아니면 도야. 나만 믿으라니까."

강 시장은 창문 밖을 바라봤다. 괴식물로 뒤덮인 2002 타워가 저 멀리 보였다.

오전 열 시, 천명산 정상.

하늘 높이 떠 있는 드론이 2002 타워 아래를 내려봤다. 타워 앞은 기자와 방송국 카메라로 발 디딜 틈이 없었다. 지상파, 유튜브, 뉴스 전문 채널에서 강 시장의 기자 회견을 생중계할 준비를 하고 있었다.

노란색 점퍼를 입은 강 시장이 단상 위로 모습을 드러냈다. 카메라 플래시가 동시에 터졌다.

강 시장은 여유로운 표정으로 기자들을 훑어봤다. 대학 시절 연극부를 했을 만큼, 표정을 자연스럽게 짓는 것은 강 시장에게 가장 자신 있는 부분이었다.

"친애하는 용원시민 그리고 국민 여러분."

입을 뗀 강 시장이 잠시 고개를 숙였다가 천천히 고개를 들었다. 다 계산된 행동이었다.

"저는 송구스러운 마음으로 국민 여러분 앞에 섰습니다." 강 시장은 능숙하게 말을 이어 갔다. "일각에서는 빅풋이 나타났다느니, 괴생명체가 출몰했다느니 하는 터무니없는 소문들이 떠돕니다. 그건 전부 거짓말입니다."

분홍색 식물에 관한 이야기도 빼놓지 않았다.

"농림 축산 식품부에서 조사한 결과, 식물은 안전합니다! 실제로 유전적 변이가 있는 식물들 가운데 핑크색을 띠는 경우가 많습니다. 저 식물도 그런 변종 가운데 하나로 추측 중입니다."

기자들 사이에서 웅성거리는 소리가 들려왔다.

"하루 만에 건물을 뒤덮는 게 정상입니까?"

기자 한 명이 큰 소리로 물었다. 강 시장은 전혀 아랑곳하지 않고 뻔뻔하게 고개를 치켜들었다.

"네, 저는 정상이라고 생각합니다. 그리고 저 식물이 용원시에 가져온 변화를 축복이라고 생각합니다. 실내 온도를 5도나 낮추고, 미세 먼지를 걸러 주고, 공기를 정화해 주기까지 합니다. 이 얼마나 놀라운 일입니까? 세계 유일의 '핑크 랜드마크'를 탄생시킨 거죠. 이 얼마나 아름다운 진화입니까! 마음 같아서는 저 식물에 뽀뽀라도 하고 싶을 정도입니다!"

강 시장의 농담에 기자들 사이에서 웃음이 터졌다. 절반은 비웃음이었다.

뒤쪽에서 기자 회견을 지켜보고 있던 막내 주무관이 비서실장에게 물었다.

"실장님, 저렇게 막 말해도 돼요? 다 뻥이잖아요."

"안 되지. 근데 시장님, 신문사 논설위원 출신이잖아. 말발이 장난 아니야. 그리고 자기가 큰 소리로 우기면 그게 진실이 된다고 믿는 사람이니까." 비서실장은 턱을 긁적였다. "아무리 생각해도 위험한 거 같은데……."

그때 기자 몇 명이 찢어질 듯 비명을 질렀다. 강 시장은 습관적으로 이를 드러내 미소를 지었다.

'내가 잘생겨서 그런가?'

강 시장은 자기 객관화가 하나도 안 되는 사람이었다.

카메라 기사들은 강 시장을 찍던 카메라의 앵글을 다급히 돌렸다. 거대한 분홍색 생명체가 타워를 성큼성큼 기어 내려오고 있었다.

한 카메라 기사가 그 괴물을 클로즈업했다. 얼굴에는 큼직한 입술 하나만 달려 있었고, 입술에는 지저분한 잔털이 수북했다. 잔털 사이로 탁한 점액이 뚝뚝 흘렀다.

"시……시장님! 뒤에!"

비서실장이 소리를 지른 뒤 황급히 도망쳤다. 그제야 강 시장이 뒤를 돌아봤다.

강 시장은 비명을 지르기 위해 입을 벌렸다. 그 짧은 순간, 괴물이 강 시장을 한입에 집어삼켰다.

단상 위 마이크가 바닥에 굴러떨어졌다.

삐이—!

스피커에 고주파음이 울렸다.

베테랑 카메라 기사는 몸을 굳힌 채 촬영을 이어 갔다. 그러나 그 순간, 괴물의 얼굴이 렌즈 너머의 기사를 향해 움직였다. 그는 바로 부리나케 도망갔다.

곧 괴물이 카메라를 향해 긴 팔을 휘둘렀고, 카메라가 옆으로 쓰러지며 괴물은 프레임 밖으로 사라졌다. 모든 장면은 전국에

생중계되고 있었다.

몇 초간 정적이 흐르다가 화면이 동물 다큐멘터리로 전환됐다. 뻐꾸기 새끼가 날갯죽지를 이용해 다른 참새 새끼를 둥지 밖으로 밀어냈다. 참새 새끼가 떨어져 죽었다.

"뻐꾸기 새끼는 이제 참새의 먹이를 받아 자라납니다. 잔인하지만, 이것은 놀라운 적응의 결과이자 생존 방식입니다."

그날, 천명산은 전면 폐쇄됐다. 용원시는 특별 재난 지역으로 지정됐다.

재난의 아침

재윤이 눈을 뜨니 방 안이 환한 햇살로 가득 차 있었다. 시계를 보니 오후 한 시였다.

재윤은 비몽사몽인 상태로 휴대폰을 들었다. 잠금 화면은 수많은 안전 안내 문자로 뒤덮여 있었다. 알림창을 스크롤하던 재윤의 손가락이 어느 한 알림 위에 멈췄다.

[행정 안전부]

천명산 전면 폐쇄 조치. 시민 여러분의 안전을 위해 천명산 출입을 금지합니다.

재윤은 한숨을 쉬며 카카오톡을 열었다. 재윤, 홍래, 주경, 이룬이 함께 있는 단체 채팅방에는 아흔아홉 개가 넘는 메시지가 쌓여 있었다. 이룬은 잠도 없는 모양인지 밤새 천명산의 괴식물 관련 뉴스 링크를 올렸고, 홍래와 주경은 민하의 행방에 관한 추측을 주고받고 있었다.

재윤은 뉴스 링크 하나에 눈길이 갔다. 강보민 용원시장이 기자 회견 중 분홍색 괴물에게 잡아먹혔다는 기사였다.

사람들은 괴물에 이미 '히드노라'라는 이름까지 붙였다. 실제로 존재하는 분홍색 식충 식물과 꼭 닮았다는 이유에서 붙여진 이름이었다. 데일리 메일, 뉴욕 포스트 같은 해외 매체에서도 히드노라라는 명칭으로 괴물을 부르고 있었다. 다만 송전탑 위에 수십 구의 시체가 있다는 사실은 아직 언론에 공개되지 않은 것 같았다.

침대에서 일어난 재윤은 펫폿들 쪽으로 시선을 돌렸다. 호빵이를 제외한 모든 펫폿이 전날과 달라져 있었다.

물망화는 꽃잎이 넓게 펼쳐지며 안개 같은 수분을 뿜어 내고 있었다. 안개가 팔에 살짝 스치자 찐득찐득한 느낌이 들었다. 푸른종은 꽃받침을 흔들며 기묘한 종소리를 냈다. 몇몇 펫폿은 눈에 띄게 커져 있었다. 민들레를 닮은 솜솜이는 원래보다 세 배는 더 커졌는데, 이질적인 크기가 불쾌감을 자아냈다.

재윤은 생각에 잠겼다. 펫폿은 젤리 흙에 흐르는 전류를 제한해 성장을 조절한다. 그런데 지금은 마치 그 제한 장치가 고장이라도 난 듯 걷잡을 수 없이 자라고 있다. 천명산에 나타난 분홍색 식물 때문일까?

호빵이는 위협적일 만큼 자란 펫폿들 사이에서 덜덜 떨고 있었다. 재윤은 겁에 질린 호빵이를 펫폿 전용 가방에 넣었다. 호빵이가 고맙다는 듯 삐삐 소리를 냈다.

"너만 왜 안 변한 거야?"

그러자 호빵이는 부끄러운 듯 몸을 살짝 수축했다. 재윤은 호빵이를 안고 거실로 나갔다.

"엄마? 엄마? ……오늘 오프일 텐데."

거실 어디에도 엄마는 없었다. 주방 테이블 위에 자연 해동되고 있는 코스트코 냉동 피자와 쪽지 하나만 남겨져 있었다.

오늘 오프인데, 천명산에서 다친 사람들이 계속 늘어나서 다시 응급실로 돌아가야 할 것 같아. 사람이 너무 부족하대. 위험하니까 천명산 근처에는 절대 가지 마.

재윤은 피자를 에어프라이어에 넣고 TV를 켰다. 강 시장이 히드노라에게 잡아먹히는 모습이 흐리게 처리된 채로 방송되고 있었다. 화면이 선명하지 않은데도 머리부터 통째로 삼켜지는 모습은 꽤 충격적이었다.

"저걸 그대로 방송해도 되는 거야?"

어제 운이 조금만 나빴다면 홍래나 재윤도 강 시장처럼 됐을지 모른다.

채널을 돌리니 헬기가 천명산을 항공 촬영한 영상이 나오고 있었다. 이제는 2002 타워뿐 아니라 그 주변까지 분홍색 식물로 완전히 덮여 있었다.

앵커는 분홍색 식물을 '분초'라고 불렀다. 알고 보니 온라인에서 '분홍색 초목'이라는 의미로 쓰이기 시작했고, 언론에서도 이를 공식 명칭으로 사용하는 것 같았다.

화면 밑에는 '뉴스 속보: 용원시 특별 재난 지역 선포'라는 자막이 큼지막하게 떠 있었다. 휴대폰에서는 안전 안내 문자가 끊임없이 울렸고, SNS도 온통 용원시의 재난 소식으로 도배되어 있었다.

재윤은 끝없이 쏟아지는 재난의 이미지에 숨이 막힐 것 같았다. 천명산은 온통 분초로 덮여 있고, 그 안에서 민하가 살아남았을 가능성은 전혀 없어 보였다. 심장이 무거운 것에 꾹 눌린 것처럼 답답했다.

재윤은 아파트 옥상에 올라갔다. 옥상에 오는 것은 무척 오랜만이었다. 펫풋을 키웠던 스티로폼 상자는 비어 있었고, 얼마 남지 않은 진짜 흙 위로 잡초가 자라 있었다. 방전된 자동차 배터리 하나가 바닥에 굴러다니고 있었다. 배터리를 들어 보니 썩은 달걀 냄새가 났다.

두 달 전, 친구들과 크플로를 키우기 위해 고군분투하던 때가 떠올랐다. 처음 펫풋을 키우자고 권유한 것도, 키우는 법을 알려준 것도 민하였다. 재윤은 주머니에서 민하의 도라에몽 액세서리를 꺼내 쓰다듬었다. 말캉말캉한 질감이 느껴졌다. 민하를 떠올리자 또 가슴이 먹먹해졌다.

재윤은 옥상 난간에 기대어 천명산을 바라봤다. 하늘에는 곧 소나기라도 내릴 것처럼 먹구름이 잔뜩 끼어 있었다. 천명산 절반이 분초로 잠긴 탓에 닭 분뇨 같은 악취가 옥상까지 풍겨 오는 것 같았다.

'어떻게든 민하를 구해야 해……. 더 늦기 전에.'

블랙홀처럼 어두운 히드노라의 입안, 히드노라에게 삼켜진 시장의 최후, 송전탑에 매달려 있던 시체들. 그 끔찍한 이미지들이 눈앞에서 보듯 선명했다. 모두 자신의 잘못처럼 느껴졌다. 그때 펫퐁과 분초를 버리지 않았더라면…….

재윤은 옥상 난간을 두 손으로 꽉 움켜잡았다.

오늘 새벽, 고유이 행안부 차관은 민하를 꼭 찾아 주겠다고 말했다. 하지만 천명산의 참상이 이미 세상에 드러난 이상 더 이상 민하를 구하려고 할 이유는 없을 거다. 애초에 형식적인 말이었을지도 모른다.

이제 천명산은 접근 금지 구역이 됐고, 재윤이 할 수 있는 일은 아무것도 없었다. 이 세상에 아무런 영향을 끼칠 수 없는 열네 살 소년일 뿐이었다. 행안부 차관도 못 하는 일을 할 수 있을 턱이 없었다.

회색 시멘트 바닥에 물방울이 뚝뚝 떨어지고, 곧 흐느끼는 소리가 들렸다. 옥상 난간에 팔을 올린 재윤은 어깨를 떨며 서럽게 울었다.

그때 재윤의 휴대폰이 시끄럽게 울렸다. 주경이었다.

"……여보세요?"

"모재윤, 너 목소리 왜 그래? 울었냐?"

주경의 목소리는 밝고 쌩쌩했다.

"아, 아니……, 안 울었어."

재윤이 훌쩍이며 답했다.

"나 젊음의 거리에 있는 맥도날드인데, 이쪽으로 올 수 있지?"

재윤은 티셔츠와 칠부바지를 꺼내 입었다. 괴상하게 변한 펫폿들 사이에 둘 수는 없어 호빵이를 어깨에 멨다. 호빵이가 작게 삐삐 소리를 냈다.

집 밖으로 나선 재윤은 젊음의 거리로 향하는 시내버스에 올랐다. 버스에 타자마자 뒷자리에 앉은 승객들이 창밖을 가리키며 웅성거렸다. 밖을 내다보니 분초가 천명산과 가까운 20층 아파트를 반쯤 감싸 안아 가느다란 줄기들이 건물 곳곳에 뻗어 있었다. 베란다 문을 열고 고개를 내민 주민들은 창밖에 자라난 분초를 어쩌지도 못한 채 그저 바라만 보고 있었다.

주택가의 상황은 더 심각했다. 한 2층 양옥은 분초에게 완전히 덮여 버렸다. 집주인으로 보이는 중년 남자가 필사적으로 전지가 위로 분초를 잘라 냈지만, 분초는 그 와중에도 계속 자라났다. 물속에 잉크가 번지는 것처럼 퍼져 나가며 자신의 영역을 차근차근 늘려 갔다. 그 모습이 무서운 듯 호빵이가 삐이 하고 울었다.

버스가 천명산 쪽에 가까워질수록 분초에 감긴 건물이 더 많이 눈에 띄었다. 재윤은 처음에는 서늘한 기분이 들었지만, 어느 순간부터 그 기묘한 풍경이 익숙하게 느껴졌다. 아무렇지 않을 만큼.

평소보다 오가는 사람이 적긴 했지만 젊음의 거리는 여전히 북적였다. 재난 상황이라고 해도 많은 사람에게 자신의 일처럼 느껴지지는 않는 것 같았다.

"모재윤! 여기! 호빵이도 왔네?"

주경은 맥도날드 앞 벤치에 앉아 밀크셰이크를 먹고 있었다. 어제와 똑같은 티셔츠에 체육복 차림이었다. 이룬은 휴대폰을 보다가 재윤에게 건성으로 손을 흔들었다. 언제나처럼 시크한 분위기로, 초커에 찢어진 티셔츠 차림인 펑크 스타일이었다.

주경이 입고 있던 옷 끝으로 빨대를 슥 닦더니 먹던 밀크셰이크를 재윤에게 내밀었다.

"이거 마저 먹을래?"

"더럽게시리······. 됐어."

재윤이 얼굴을 찌푸리자 주경은 웃더니 밀크셰이크를 다시 빨았다. 그 옆에는 맥도날드 마스코트인 광대 동상이 다리를 꼰 채

앉아 있었다.

주경이 다 마신 컵을 광대 무릎 위에 올려놓고는 본론을 꺼냈다.

"사실 집에 간 뒤에도 민하의 행방을 계속 쫓았어. 아침에 이문이랑 천명산에 갔는데, 입구에서 경찰들이 못 들어가게 막더라. 시장이 히드노라에게 먹히기 전이었는데도!"

"송전탑에 접근할까 봐 그러는 거겠지?"

"그렇겠지. 정부에서는 송전탑에 시체가 있다는 걸 재보궐 선거가 끝날 때까지 숨겨야 하니까."

주경은 빨대 끝을 질겅질겅 씹었다.

"시장이 아까 타워 앞에서 기자 회견 했잖아. 그 주변을 촬영한 영상을 전부 뒤지면 뭔가 단서가 있을 것 같아서, 구글링 전문가 이문이한테 부탁했지." 그렇게 말한 주경이 슬쩍 이문의 눈치를 살폈다. "네 정체, 밝혀도 되지?"

이문이 괜찮다는 듯 가볍게 고개를 끄덕였고, 주경은 자연스레 말을 이었다.

"이문이가 원래 그런 거 잘해. 아이돌 열애설 캐는 데에는 거의 NSA(미국 국가 안보국)급이라니까. 구글링, 데이터 분석, 딥페이크 판별까지 다 해. 트위터 팔로어만 이만 삼천 명이라고."

"지금은 이만 오천 명이야." 이문이 살짝 거만하게 고개를 젖혔다. "팬들의 알 권리를 위해 싸우는 단톡방이 하나 있어. 거기서 민하 사진이랑 옷차림 뿌리고, 천명산 영상 전부 털게 했어. 괴물

먹방 영상 포함해서. 진짜 끔찍했지.”

그러고는 비비안 웨스트우드 크로스백에서 아이패드를 꺼냈다. 아이패드 뒤에는 쿠로미와 세일러문 스티커가 덕지덕지 붙어 있었다.

“이거 봐.”

이룬이 보여 준 이미지는 TV 뉴스의 한 장면을 캡처한 것이었다. 헬리콥터가 2002 타워 전망대를 찍은 장면이었다. 이룬이 두 손가락을 이용해 화면을 확대하자 분초에 감긴 형체들이 희미하게 보였다. 목에서 어깨로 이어지는 곡선, 다리처럼 보이는 윤곽……. 확실하진 않았지만, 어쩐지 사람 같았다. 재윤의 심장이 덜컥 내려앉았다.

“송전탑에 묶여 있던 시체처럼 사람들이 분초에 묶여 있는 거 같은데?”

재윤이 사시나무처럼 떨며 말했다.

“민하도 저기 있는 거 아닐까?”

주경이 화면을 가리켰다.

“근데……, 민하가 저기에 없으면 어쩌지? 다른 곳에 잡혀 있을 수도 있잖아.”

그 말을 들은 이룬이 재윤을 노려봤다.

“왜 자꾸 실패를 전제로 생각하는 거야? 김 새게.”

그러고는 자리에서 일어나 손가락을 까닥거렸다.

"헛소리 그만하고, 너 민하랑 같이 쓰는 계정 없어? 구글이나 트위터 같은 거."

"계정? 그건 왜? 음……, 유튜브 프리미엄 같이 써. 비싸서 인도로 우회해서 공유하고 있거든."

"그럼 지금 로그인돼 있겠네? 폰 줘 봐."

재윤이 주저하며 휴대폰을 꺼내자 이룬이 확 빼앗았다.

"네가 유튜브에서 뭐 봤는지 하나도 안 궁금하니까 걱정 마."

이룬은 구글 지도를 열더니 타임라인 탭에 들어가 이동 내역을 확인했다.

"이럴 줄 알았어."

이룬이 나지막이 중얼거렸다.

"무슨 소리야?"

재윤이 물었다.

"너희가 구글 계정을 같이 쓰잖아. 그러니까 네 폰에서도 민하의 행적을 볼 수 있는 거지."

설명을 마친 이룬이 휴대폰을 들어 보였다. 타임라인에 집, 송전탑, 2002 타워로 이어지는 민하의 이동 경로가 고스란히 남아 있었다. 마지막 행적은 타워였다.

"와……!"

주경과 재윤의 입에서 탄성이 터졌다.

"추적 방법은 더 있지만, 이게 제일 간단하지." 이룬이 어깨를 으쓱거렸다. "이제 찾는 건 시간 문제야. 천명산에 들어갈 수만 있다면 말이지."

재윤이 조심스럽게 입을 뗐다.

"그럼……, 행안부 차관 아줌마한테 부탁하면 안 되나? 그 아줌마가 송전탑에 있는 시체에 대해 발설만 안 하면 민하를 먼저 구해 준다고 했잖아."

"네버. 그럴 일은 절대 없어."

이룬이 지방 언론사 빌딩의 대형 전광판을 손가락으로 가리켰다. 고유이 행안부 차관이 대국민 담화를 하는 모습이 실시간으로 나오고 있었다. 새벽과 같은 바이올렛 트위드재킷 차림이었다.

"행정 안전부는 괴식물로 인한 인명 피해를 막기 위해 천명산 전역에 제초제를 살포할 예정입니다. 그래도 식물이 죽지 않는다면 산 전체를 소각할 것입니다. 더 이상 천명산에서 피해가 발생하지 않도록 최선을 다하겠습니다. 감사합니다."

말을 마친 고유이는 카메라를 향해 정중히 고개를 숙였다. 재윤이 멍하니 화면을 바라보다가 주먹을 꽉 쥐었다.

"제초제?" 그리고 낮게 한숨을 내쉬었다. "……게다가 산을 태우겠다고?"

주경이 미간을 찌푸렸다

"그거 전쟁 때나 쓰는 거 아니야? 우리 할아버지도 맞아서 오랫동안 아프셨거든." 주경은 종이컵을 구기며 낮고 씁쓸한 목소리로 말했다. "저 미친 여자가 혹시라도 산을 다 불태우면, 민하는 절대 살아남을 수 없을 거야."

재윤은 액세서리를 움켜쥐고 시선을 바닥으로 떨어뜨렸다.

"고유이는 애초에 민하를 구해 줄 생각이 없었어. 저 여자는 천명산에 있는 시체를 다 태워서 증거를 완전히 없애려는 거야."

분노에 찬 듯 재윤의 눈빛이 매서워졌다. 호빵이가 가볍게 몸을 흔들며 작고 부드러운 울음을 냈다.

삐이…….

마치 '내가 네 곁에 있어'라고 말해 주는 것 같았다.

"이럴 시간이 없어. 빨리 민하를 구해야 해."

주경이 벌떡 일어났다.

"……나도 도와줄게."

옆에 있던 이룬도 조용히 주경 곁으로 다가섰다.

그 순간, 저 멀리서 홍래의 스쿠터가 달려왔다. 홍래는 아이들 앞에 멈춰 서더니 헬멧을 벗었다.

"뭐 해? 민하 구하러 가야지."

핸슨

"조금만 더 가면 나와."

주경이 낡은 골목길을 앞장서서 걸어갔다.

"너 아까도 조금만이라고 했거든?"

재윤은 이 골목이 그다지 마음에 들지 않는 눈치였다.

네 사람이 있는 곳은 용원시 외곽의 오래된 상업 지구, 기계 공구 상가였다. 쇠 파이프, 볼트, 스프링이 무질서한 질서 속에 정돈돼 있었다. 골목을 다니는 사람들은 최소 예순 이상이었다.

주경은 눈썹 끝을 치켜올리며 재윤에게 말했다.

"야! 그럼 한국에서 무기 구하는데 게임처럼 무기점이라고 써 있겠냐?" 그러고는 이내 귓속말을 하듯 목소리를 낮췄다. "큰아빠 가게는 '진짜' 손님들만 오니까 꽁꽁 숨겨져 있단 말이야."

주경이 구석 빌딩 앞에서 걸음을 멈췄다. 입구에는 빛바랜 스티커와 광고 전단이 덕지덕지 붙어 있었고, 안은 컴컴해 내부가 하나도 보이지 않았다. 재윤이 빌딩을 올려다봤다.

"정말 여기 맞아?"

주경은 대답 없이 건물 안으로 들어갔다.

빌딩 안은 미로 같았고, 시멘트가 이곳저곳 벗겨져 있었다. 재윤은 OCN에서 가끔 나오는 범죄 영화(법적으로 자신은 못 보는)에 나올 법한 건물이라고 생각했다. 문득 '혹시 이주경이 우리를 납치하려는 거 아니야?' 같은 터무니없는 생각이 스쳤다.

4층까지 올라가니 허름한 상회가 나왔다. 주변엔 오래된 재봉틀과 부품 들이 잔뜩 쌓여 있었다. 미싱 오일과 녹슨 쇠 냄새가 콧속을 찔렀다. 하지만 구석구석에는 전혀 어울리지 않는 CCTV가 달려 있었다.

아흔은 족히 넘은 할아버지가 가래를 굴리며 TV를 보고 있었다. 브라운관 안에서는 미국 프로 레슬링 선수들이 몸싸움을 하고 있었다. 주경은 할아버지를 무심히 스쳐 지나갔다.

"여기가 진짜 너네 큰아빠 철물점 맞아?"

재윤이 물었다.

"오는 사람만 오는 곳이라니까? 그만 의심해. 너 안 잡아가."

주경이 천연덕스럽게 말했다.

구불구불한 가게들을 지나가니 거대한 셔터가 네 사람 앞을 가로막았다. 주경은 열쇠를 꺼내 셔터 밑 자물쇠를 풀었다. 셔터를 올리니 또다시 철문이 나타났다. 마치 마트료시카 인형 같았다.

주경은 철문 옆의 인터폰을 눌렀다.

"화랑."

인터폰에서 굵은 남자 목소리가 튀어나왔다.

"담배!"

주경이 짧게 답했다.

끼익―.

안쪽에서 잠겨 있던 두꺼운 문이 서서히 열렸다.

아이들의 눈앞에 완전히 다른 세상이 펼쳐졌다. 꽤 넓은 창고의 회색 벽에 크로우바, 슬레지 해머, 해머 드릴 같은 공구들이 걸려 있었다. 철제 보관함엔 가솔린 발전기, 비상식량, 휴대용 정수기 같은 생존 용품이 가득했다. 재윤과 홍래, 이룬은 넋을 잃고 창고를 둘러봤다.

그때 때가 잔뜩 묻은 철문이 삐걱거리며 열리더니 주경의 삼촌이 나타났다.

키는 194센티미터나 되고 팔은 단단한 근육으로 다져져 있었다. 대머리인데 수염은 턱에서 뺨, 코까지 이어져 있었다. 꼭 방금 할아버지가 TV로 보던 WWE 프로 레슬링 선수 같았다. 민소매 차림에 밀리터리 바지, 팔에는 자잘한 문신이 나서장처럼 여기저기 새겨져 있었다. 전부 '메이플스토리'의 2등신 캐릭터였다. 그가 게임에서 키운 캐릭터인 모양이었다.

"큰아빠!"

주경이 삼촌에게 쪼르르 달려갔다.

"우리 주경이 왔네."

주경과 포옹하던 삼촌이 아이들을 쓱 둘러봤다.

"안녕하세요."

재윤과 홍래가 고개를 숙였다. 재윤은 뻣뻣하게 굳은 채 그를 올려다봤고, 홍래는 마치 동족을 발견한 듯 눈을 반짝였다. 이룬은 인사도 없이 팔짱을 낀 채 껌만 씹었다.

"핸슨이다." 방금 궐련 한 갑을 피운 듯한 걸걸한 목소리였다. "이렇게 어린 손님은 처음이네."

"삼촌, 준비 다 했지?"

주경은 천진난만한 목소리로 핸슨에게 물었다.

"그래, 말한 도구들은 다 차에 실어 놨어. 근데 농약 분무기는 또 뭔데? 그걸로 분초인가 뭔가 하는 걸 말려 죽이려는 거냐?"

"우리가 알아서 할게. 사춘기 애들한테 너무 캐묻지 마."

주경이 천연덕스럽게 대꾸했다.

"가장 중요한 건 여깄어." 핸슨은 창고 구석의 검은 하드 케이스를 턱으로 가리켰다. "무기는 처음이지? 간단히 설명해 줄게."

핸슨이 케이스를 열자 안에 광이 나는 마체테(주로 벌목용으로 쓰이는 커다란 칼) 한 자루가 보였다. 핸슨은 마체테를 홍래에게 건넸다.

"넌 이게 어울려. 분초를 자르려면 이게 딱이야. 이건 허가증도 필요 없어. 단, 경찰 앞에선 들지 마. 잡혀간다."

핸슨이 씨익 웃었다. 앞니가 하나 빠져 있었다. 그는 곧 하드 케이스 안의 소방 도끼를 가리켰다.

"이건 스페어야. 그냥 맘대로 써."

재윤에겐 고무 밴드로 만든 새총 하나와 작은 주머니를 건넸다.

"이건 합법이야. 근데……." 핸슨이 주머니를 턱짓으로 가리켰다. "그건 청계천에서 주웠다고 해."

재윤이 주머니를 열자 보기만 해도 위험해 보이는 납 구슬이 반짝였다.

주경은 묵직한 크로우바를 받았다. 마지막으로 핸슨은 석궁 하나를 꺼내 이룬에게 건넸다.

"삼십 년 전 실내 석궁장에서 쓰던 거다. 한땐 합법이었지. 그때 빼돌린 거야. 위협적인 무기니까 조심해."

그러고는 이룬에게 석궁 사용법을 설명하기 시작했다.

"큰아빠, 왜 이룬이만 석궁이야? 나도 석궁 쓰고 싶단 말이야."

주경이 크로우바를 들어 보이며 못마땅한 표정으로 투덜거렸다.

"이룬이 얼굴 봐. 팀 버튼 영화에서 막 튀어나온 주인공이잖아."

이룬은 무표정하게 석궁을 겨누는 포즈를 취했다. 누가 봐도 웬즈데이 아담스 그 자체였다.

"힝……."

주경은 어정쩡한 자세로 크로우바를 허공에 마구 휘둘렀다. 재윤이 살짝 웃으며 말했다.

"야, 이주경, 네 크로우바도 멋있어. 〈터미네이터 2〉 사라 코너 같아."

그 말에 주경은 금세 기분이 풀린 듯 입꼬리를 쓱 올렸다. 그리고 아서왕의 검이라도 뽑은 듯 크로우바를 높이 들었다.

"내가 천명산 근처까지 태워다 줄게. 나도 함께하고 싶지만, 총포 화약법 위반으로 아직 집행 유예 기간이라서."

핸슨이 손가락으로 차 키를 빙글빙글 돌렸다.

"자, 이제 민하를 구하러 가 볼까!"

주경이 크로우바를 다시 번쩍 들며 외쳤다.

늦은 오후, 아이들은 핸슨의 지프차를 타고 천명산으로 향했다. 주경은 조수석에 탔고, 나머지 아이들은 뒷좌석에 앉았다.

차가 천명산 부근의 영동 2동을 지났다. 그곳엔 오래된 주택가가 밀집해 있었는데, 이미 대부분 분초에 점령당한 채였다. 담장 여기저기에는 머리카락처럼 지저분하게 분초가 뒤엉켜 있고 공기엔 분홍빛 분진이 안개처럼 뿌옇게 흩날리고 있었다. 핸슨이 와이퍼를 켰지만 아무 소용이 없었다.

"씨, 저거 때문에 앞이 하나도 안 보이네."

안개등까지 켰는데도 시야는 여전히 갑갑했다.

"저 사람들은 뭐예요?"

재윤이 갓길을 걷는 사람들을 가리켰다. 차 안에 있던 모든 사람의 눈이 커졌다.

"자원봉사라도 가나?"

홍래가 말했다.

수백 명의 사람이 천명산을 향해 걸어가고 있었다. 처음엔 소풍이라도 가나 싶었지만, 천명산은 출입 금지 구역이다.

게다가 걸어가는 이 대부분이 성인이었다. 사람들의 눈은 허공을 떠돌았고, 팔은 축 늘어져 있었다. 간혹 거품을 물고 있는 사람도 있었다. 한 아이가 부모를 막아서며 서럽게 울었다.

"바이올렛이다!"

재윤이 손가락으로 인파 속을 가리켰다. 무수한 인파 가운데에는 펫폿 스토어 직원 바이올렛도 있었다. 녹색 유니폼을 입고 손에는 카드 단말기를 들고 있었다.

갑자기 핸슨의 눈빛이 흐려지더니 핸들을 확 꺾었다.

"큰아빠!"

깜짝 놀라 눈이 커진 주경이 큰 소리로 외쳤다.

순간 정신이 돌아온 핸슨은 오른쪽 팔로 입을 막고 살짝 열린 창문을 닫은 뒤, 에어컨을 내부 순환으로 바꿨다. 그리고 빠르게 유턴해 방향을 틀었다.

"큰아빠, 갑자기 왜 그래?"

"하마터면 큰일 날 뻔했어. 사람들이 의식 없이 좀비처럼 걷는 거, 아무리 봐도 저 안개 때문이야."

엑셀을 밟던 핸슨은 가장 가까운 지하철역 앞에 차를 세웠다. 그러고는 네 사람을 이끌고 역 아래로 뛰어 내려갔다.

지하철역은 텅 비어 있었다. 개찰구 위의 도착 안내 전광판에 '용원역 무정차'라는 안내문이 떠 있었다.

핸슨은 화생방용 방독면이 들어 있는 철제 캐비닛을 향해 성큼성큼 걸어갔다. 그가 주경을 쓱 바라보자 주경은 대답하듯 크로우바로 유리를 박살 냈다.

쨍그랑—!

경쾌한 소리가 유리 파편과 함께 튀었다. 방독면이 바닥에 뒹굴었다.

"최대한 많이 챙겨." 핸슨이 방독면 하나를 주워 유통 기한을 확인했다. "유통 기한이 많이 지나서 오래 쓰지는 못할 거다."

아이들은 방독면을 크리스마스 선물처럼 한가득 안은 채 다시 지프에 탔다. 그리고 분홍색 안개 지역을 지나갈 때 방독면을 꺼내 썼다. 창밖의 사람들이 무표정하게 걷는 것을 보며 불안한 눈빛을 주고받았지만, 다행히 모두의 의식은 또렷했다.

천명산 입구가 가까워지자 안개는 점차 옅어졌다. 입구에 경찰들이 일렬로 길게 늘어서 있었다. 검은 진압복을 입고 진압 방패를 든 경찰들은 모두 입을 굳게 닫고 있었다.

한 중년 남자가 그 사이로 지나가려고 했다.

"내 아들이 저 안에 있다고! 이 새끼들아! 제발 들어가게 해 줘!"

남자는 고목처럼 갈라진 목소리로 외쳤다. 하지만 경찰들은 요지부동이었다.

분노한 중년 남자는 경찰들을 향해 몸통을 부딪쳤다. 자신을 계속 밀치자 분노가 치민 경찰 한 명이 방패로 남자를 찍으려고 들었다. 다른 경찰들이 그 경찰을 말렸다.

그 모습을 본 핸슨의 눈썹이 분노로 꿈틀거렸다. 한참 말을 잇지 못하던 핸슨이 겨우 입을 열었다.

"……다른 길로 가자."

차는 천천히 천명산 주변 산길을 돌았다. 한참 주변을 맴돈 끝에 핸슨은 한 초등학교 안으로 들어갔다. 임시 휴교령이 내려진 학교는 텅 비어 을씨년스러운 분위기를 풍겼다.

차에서 내린 핸슨은 트렁크에서 휘발유 통과 농약 분무기를 꺼낸 후 하이킹용 배낭 세 개를 바닥에 툭 던졌다.

아이들은 배낭을 짊어졌다. 재윤 혼자 배낭 대신 농약 분무기를 맸다.

"여긴 내 모교야. 저 사육장 뒤에 천명산과 연결된 쪽문이 하나 있어."

핸슨이 사용되지 않아 녹이 슨 사육장을 가리키며 말했다.

"아저씨한테도 초등학생이던 시절이 있었어요?"

전혀 믿을 수 없다는 듯 재윤의 눈이 휘둥그레졌다. 핸슨이 위압적으로 재윤을 내려봤다. 말실수를 했다고 생각한 재윤은 짐짓 겁을 먹었다. 그런데 재윤의 어깨 위로 솥뚜껑 같은 손이 쓱 올라왔다. 핸슨의 목소리는 의외로 부드러웠다.

"당연히 있었지. 너처럼 친구를 위해 목숨을 걸겠다고 한 적도 있었고. 내가 하도 사고를 많이 쳐서 이렇게 외톨이가 됐지만."

핸슨은 재윤의 등을 앞으로 살짝 밀쳤다.

"반드시 구해. 나처럼 후회만 하지 말고."

재윤은 뒤돌아 가볍게 묵례했다.

"큰아빠, 고마워."

주경이 핸슨에게 가볍게 손 인사를 했다. 핸슨은 떠나는 아이들을 향해 손을 흔든 뒤 가만히 등을 돌렸다.

재윤, 홍래, 주경, 이룬. 네 사람은 천명산으로 이어지는 철문 앞에 섰다. 철문은 마치 중세 감옥의 쇠창살처럼 음산하게 생겼고, 창살에는 녹이 심하게 슬어 있어 이 문이 얼마나 오랫동안 사용되지 않았는지 알 수 있었다. 창살 뒤로 분홍색으로 물든 숲이 보였다.

철문은 쇠사슬로 잠겨 있었다. 홍래가 소방 도끼를 꺼내 쇠사슬을 세게 내려쳤다. 쇠사슬이 쨍! 하고 끊겼다.

"슬슬 가 볼까."

홍래가 어깨에 도끼를 올린 채 의기양양하게 말했다. 세 사람은 고개를 끄덕였다.

숲속으로

"타워까지 1킬로 정도 남았어."

재윤이 지도 앱을 보며 말했다.

"비염 걸린 것처럼 숨 쉬는 게 답답해."

넷은 사람의 발길이 거의 닿지 않은 산길을 걷고 있었다. 주경이 감기 걸린 몰티즈처럼 코를 킁킁댔다. 산속인데도 공기가 신선하기는커녕 숨이 꽉 막히는 것 같았다.

하늘은 짙은 오렌지색으로 물들고 있었다. 보랏빛 구름이 낮게 깔렸지만 비 예보는 없었다. 숲 바닥에는 분초가 수세미처럼 깔려 있었고, 그 위를 밟을 때마다 발밑이 간질간질했다.

군데군데 등산로가 눈에 띄었다. 아이들은 편하게 등산로로 걷고 싶다는 유혹을 받았지만, 가급적 피해서 걸어야 했다. 경찰 때문이었다. 산속 여기저기서 경찰의 무전 소리가 들렸고, K5 권총과 기동복, 전술 헬멧으로 무장한 경찰들이 짝을 이뤄 순찰을 돌고 있었다.

"용원시 주변 경찰들이 전부 소집된 거 같아."

수풀 뒤에 몸을 숨긴 홍래가 말했다.

삐뽀—! 삐뽀—!

갑작스러운 소리에 아이들이 고개를 두리번거렸다. 재윤 어깨에 달린 호빵이가 경고음을 울린 것이었다.

"방해 금지 모드로 해 놓으란 말이야!"

주경이 작게 따졌다.

"켜 놨어! 호빵이가 왜 이러지?"

재윤이 당황해 화분을 뒤적였다. 화분의 방해 금지 모드 버튼은 분명 켜져 있었다.

"호빵이가 원래 싸구려잖아."

이룬이 얄밉게 말했다. 재윤은 이룬을 노려봤다. 이룬은 연장봉 끝에 단 액션캠으로 세 사람을 찍고 있었다. 재윤이 이룬에게 따졌다.

"이런 위급 상황에 촬영까지 해야 돼? 사람 목숨이 왔다 갔다 하는데."

"나 종군 기자야. 로버트 카파처럼." 이룬이 뻔뻔하게 받아쳤다. "후세에 진실을 남겨야지. 민하를 구하기 위해 용원중 2학년들이 뭉쳤던 뜨거운 여름!"

"그냥 인스타 팔로어 늘리려는 거잖아."

주경이 김을 빼듯이 말했다.

그때, 무거운 물건이 나뭇잎을 스치는 소리가 들렸다. 재윤은 무심코 위를 올려다봤다.

쿵—!

재윤 앞에 코코넛 크기의 열매가 떨어졌다. 열매엔 철퇴처럼 뾰족한 가시가 촘촘히 박혀 있었다.

"피해!"

재윤이 소리쳤다.

분초에 침식된 고목이 나뭇가지를 움직여 주변 나무에서 열매를 따서 던지고 있었다. 고목 껍질 사이로 붉은 수액이 주르륵 흐르는 모습이 꼭 피를 흘리는 것처럼 보였다.

열매는 계속 쿵쿵 떨어졌고, 아이들은 열매를 필사적으로 피했다.

홍래가 거대한 바위를 가리켰다.

"저 뒤로 숨어! 나무 주변에 있는 열매가 없어질 때까지만 피하면 돼!"

넷은 바위를 향해 달려갔다. 주경, 재윤, 홍래는 재빨리 바위 뒤로 몸을 숨겼다.

"윽!"

가장 뒤늦게 따라온 이룬이 쓰러졌다. 열매가 스친 탓에 다리에서 붉은 피가 흘렀다.

"이룬아!"

홍래가 달려가 이룬을 부축해 함께 바위 뒤로 왔다. 그러고는 백팩을 급하게 뒤져 꺼낸 소독약으로 이룬의 상처를 소독한 후 멸균 거즈를 덮었다. 다행히 심한 부상은 아니었다.

"이제 괜찮을 거야."

홍래의 얼굴이 살짝 붉어졌다.

고목은 아랑곳하지 않고 열매를 계속 던졌다. 말 그대로 '열매로 바위 치기'였다.

마지막 열매를 던지고 나서야 고목이 조용해졌다. 아이들은 안도의 한숨을 쉬었다. 바위를 벗어나자 땅 위에 열매가 빽빽하게 박혀 있었다. 재윤이 놀라며 호빵이를 내려다봤다.

"호빵이는 그냥 운 게 아니었어! 저 나무가 공격할 줄 알고 먼저 운 건가 봐!"

주경도 신기한 듯 호빵이를 쓰다듬었다.

"그 옛날 광부들이 유독 가스를 감지하려고 갱도에 데려간 새 같은 거지? 아, 노란 새인데……. 뭐지? 참새? 트위티?"

"카나리아."

이룬이 조용히 거들었다. 목소리를 들으니 아까보다 통증이 나아진 것 같았다.

"식물은 우릴 죽이려 들지, 경찰은 피해 다녀야 하지……. 첩첩

산중이구먼."

홍래가 마체테를 세게 움켜쥐었다.

아이들은 다시 걸음을 옮겼다. 여전히 경찰을 피해 등반이 금지된 비법정 탐방로로만 이동해야 했다. 꽤 험난한 길이었지만 다행히 아예 걸을 수 없을 정도는 아니었다.

하지만 지금 넷은 거대한 벽에 막혀 있었다.

"정말로…… 이 길밖에 없는 거야?"

이룬이 위를 올려다보며 말한 후 다리의 통증이 가시지 않은 듯 붕대 위를 쓰다듬었다.

"응, 아쉽게도 이 길밖에 없어. 2002 타워로 가려면."

재윤이 지도를 보며 말했다.

네 사람의 눈앞에는 경사가 급한 바위 절벽이 펼쳐져 있었다. 다행히 수직은 아니었지만, 대부분의 구간은 손과 발로 더듬어 바위를 올라가야만 했다.

홍래와 주경은 익숙한 듯 빠르게 절벽을 올라갔다. 반면 재윤의 손은 계속 흔들렸고, 발은 계속 미끄러졌다. 홍래의 도움을 받아 간신히 올라갔다. 이룬도 주경의 손을 잡고 힘겹게 올랐다.

재윤의 손이 바위 틈새에 파고들었다. 바위 곳곳엔 분초가 자라 있었다. 여태껏 봐 온 모양과 다르게 암벽의 분초는 이끼처럼 곱슬곱슬한 털을 갖고 있었다. 끝은 벨크로처럼 예리한 갈고리 모양에 좌우로 느릿하게 움직였다.

"어쩐지 기분 나빠."

재윤이 분초를 보며 중얼거렸다.

"이 분초들 뭔가 수상해. 나도 일부러 안 밟고 있어."

저 위에 있는 주경이 재윤을 내려다보며 말했다.

팔 힘이 부족한 이룬이 절벽을 오르다가 미끄러졌다. 홍래가 한 팔로 이룬의 손을 재빨리 붙잡았다.

"괜찮아?"

그러고는 이룬을 번쩍 끌어올렸다. 그때 이룬의 발이 분초를 살짝 스쳤고, 작은 빨판들이 벌렁거리기 시작했다.

삐뽀—! 삐뽀—!

호빵이가 울기 시작했다.

"조심해!"

주경이 외쳤다.

쿵! 쿵!

소음이 점점 가까워졌다. 절벽에서 짐 볼만 한 바위 서너 개가 굴러떨어졌다. 홍래가 다급하게 재윤을 붙잡아 옆으로 잡아당겼다. 주경과 이룬은 몸을 비틀어 바위를 피했다.

주경이 밑에 있는 애들을 보며 다시 크게 외쳤다.

"분초 밟지 마! 이거 센서 같아. 저걸 밟으면 우리가 어디에 있는지 알 수 있나 봐."

갑자기 이룬의 휴대폰이 크게 울렸다. 이룬은 한 손으로 휴대폰을 만져 전화를 받았다.

"야, 오늘 앨범깡 하기로 했잖아! 왜 안 와?"

"지금 세상이 망하게 생겼는데 무슨 앨범깡이야!?" 이룬이 휴대폰을 향해 소리를 질렀다. "꺼져!"

그러다 발끝으로 분초를 건드리고 말았다.

"얘들아, 미안해!"

이룬이 아이들에게 사과하자마자 절벽 위에서 거대한 쇳덩이가 떨어졌다. 버려진 산장에 방치돼 있던 음료수 자판기였다. 자판기 하단의 사이다 로고가 재윤의 머리와 점점 가까워졌다.

"으아아아아아!"

그 순간, 호빵이가 엄청난 속도로 부풀어 올랐다. 에어백처럼, 단 0.04초 만에.

펑—!

하얀 막이 재윤을 완전히 덮었다.

대형 파라솔만큼 커진 호빵이는 음료수 자판기를 온몸으로 통하고 튕겨 냈다. 아이들은 놀란 눈으로 그 광경을 지켜봤다. 몇 초 뒤, 자판기가 쿵 소리와 함께 바닥에 떨어졌다.

"……뭐야?"

깜짝 놀란 재윤이 위를 쳐다봤다. 엄청나게 커진 호빵이의 하얀 바닥이 보였다.

삐…… 삐유…….

호빵이의 몸체가 수축하며 마침내 원래 모습으로 돌아왔다. 호빵이는 곧 깊이 잠들었다. 아이들은 눈빛을 교환했다. 너무 황당해서 누구도 입을 열지 못했다.

이룬이 암벽의 마지막 돌출부를 오르고 있었다. 먼저 오른 세 사람이 이룬에게 손을 내밀었다. 마침내 절벽 위에 선 아이들은 거친 숨을 몰아쉬었다.

홍래가 조심스럽게 말을 꺼냈다.

"아까 재윤이 머리 위에 있었던 에어백 말이야……. 그거 호빵이 맞지?"

재윤이 고개를 조용히 끄덕였다.

"정말 대단했어."

이룬이 말했다. 재윤이 느끼기로는 이룬이 누군가를 칭찬하는 것은 처음이었다. 비록 그 대상이 인간이 아니라 호빵이었지만.

"우리 소룡이는 저런 능력 없으려나? 가시 발사 같은 거."

주경은 호빵이를 쓰다듬으며 부러운 듯 말했다.

"헛!"

그때 재윤이 짧은 비명을 질렀다.

"별거 아닌 걸로 소리 지르지 마, 모재윤."

이룬이 차갑게 말했다.

"큰일이거든? 안테나가 아예 안 잡혀!" 당황한 재윤은 휴대폰을 만지작거렸다. "나 SK인데, 다른 통신사는 어때?"

"안 돼!"

이룬이 곧바로 외쳤다.

셋이 재빨리 휴대폰을 확인해 보니 통신 3사 전부 먹통이었다.

"라디오 한번 틀어 봐. 아까 핸슨 아저씨가 챙겨 준 거 있잖아."

재윤이 홍래를 보며 말했다. 홍래가 백팩에서 휴대용 라디오를 꺼냈다. 아무리 채널을 돌려도 전파가 잡히기는커녕 불쾌한 지지직 소리만 들렸다.

재윤이 타워를 가리키며 말했다.

"저기에 수도권…… 인천까지 전부 닿는 전파 장치가 있거든. 아무래도 그게 전부 마비된 것 같아."

"구조 요청은 글렀네." 이룬이 불만스럽게 말했다. "한국에서 인터넷이 안 된다니……. 그거야말로 가장 큰 재앙이야."

이번에는 주경이 2002 타워를 가리켰다.

"저거 봐. 저기 휘어진 거 보여? 곧 무너질 것 같아."

분초에 뒤덮인 타워는 엿가락처럼 서서히 휘어지고 있었다. 건물을 휘감은 분초의 줄기가 더 굵어지며 탑신(塔身) 내부의 철근을 비틀어 놓은 탓이었다. 분초는 타워가 어떻게 되든 상관없다는 듯 하늘을 향해 끝없이 뻗어 나가고 있었다.

어느새 숲은 어둠에 잠겼다. 아이들은 손전등을 켰다. 네 개의

빛이 캄캄한 숲 사이를 이리저리 나다녔다.

구름에 가려진 보름달이 희미하게 빛났다. 그리고 구름 사이로 굉음이 울려 퍼졌다. 십여 대의 헬기가 구름을 뚫고 천명산을 향해 날아들고 있었다.

검은 비

 희미한 물안개가 분홍빛 숲을 촉촉하게 감싸고, 아이들 무릎 높이만큼 자란 분초가 산 중턱을 빽빽이 메우고 있었다. 아이들이 한 걸음 한 걸음 내딛을 때마다 풀이 푹푹 꺼졌다.
 "아직도 데이터 안 잡혀."
 이룬이 휴대폰을 높이 치켜들었다.
 "망했어. 티케팅 못 하면 이번 생일 팬 미팅은 못 봐."
 "아까는 친구한테 '세상이 망하게 생겼는데 무슨 앨범깡이야!?'라며 성냈잖아. 너도 정말 레전드다."
 재윤이 헛웃음을 지었다.
 "지구가 멸망해도 난 티케팅 한다고 했어. 스피노자였나?"
 이룬이 한쪽 다리를 절룩이며 폴짝폴짝 뛰었다. 그래도 셀룰러 데이터는 잡히지 않았다.

아이들은 나침반 앱에 의지해 앞으로 걸어갔다. 앱이 제대로 작동하지 않을 때는 타워를 향해 뻗은 분초의 줄기 방향을 길잡이 삼았다.

재윤이 숲 뒤로 솟구친 송전탑을 가리켰다.

"저기가 우리가 괴물을 만났던 곳이야."

잔뜩 자란 분초는 송전탑을 완전히 잠식했다. 홍래의 등줄기가 차가워졌다. 어제 송전탑에서 마주한 시신의 싸늘한 얼굴이 떠오른 것이다.

송전탑 뒤쪽에서 밝은 빛이 천천히 가까워졌다. 대형 드론 세 대가 서치라이트를 비추며 날아다니고 있었다. 카메라 렌즈 옆의 붉은 점이 숲을 훑었다. 꼭 라이플의 조준점 같았다.

모터 소리가 점점 가까워지자 넷은 황급히 참나무 뒤로 뛰어들어가 바짝 몸을 움츠렸다. 마치 나즈굴에게 쫓기는 반지 원정대가 된 기분이었다.

"다른 길은 없어?"

이문이 재윤에게 작게 속삭여 물었다.

"없어. 다른 길로 가면 반드시 경찰에게 걸려."

드론들은 의심스러운 듯 아이들이 숨은 나무 주변을 그 후로도 한참 맴돌았다.

어느 순간, 2002 타워 쪽에서 야수의 포효 같은 소리가 울려 퍼졌다. 아이들은 말없이 시선을 교환했다. 모두 같은 생각을 하고 있었다.

"히드노라……."

주경이 작게 읊조렸다.

드론들은 방향을 틀어 타워 쪽으로 날아가더니 곧 시야에서 사라졌다.

아이들은 분초를 헤치며 송전탑 쪽으로 걸어갔다. 강행군에 지친 네 사람에게는 숨소리만이 유일한 대화였다.

그때, 손전등 불빛에 먼지가 반사되어 빛났다.

"……뭐지?"

홍래가 그 먼지를 유심히 살폈다. 분홍색 포자들이 곳곳에 떠다니고 있었다.

콜록, 콜록—!

아이들이 기침하기 시작했다.

"모두 방독면 써!"

홍래의 외침이 고요한 숲에 울려 퍼졌다. 아이들은 일사불란하게 가방에서 방독면을 꺼내 정화통을 돌려 끼웠다. 고무 끈을 바짝 당기자 얼굴에 묘한 구속감이 느껴졌다. 방독면 너머로 본 세계는 온통 분홍빛이었다.

"숨쉬기 갑갑해."

방독면을 쓴 주경의 목소리가 다스베이더로 변했다. 주경의 흔들리는 눈빛이 방독면 렌즈 너머로 비쳤다.

"숨을 크게 쉬면 좀 나을 거야."

재윤이 말했다.

아이들은 거친 숨소리를 내며 안개 속을 조심스레 걸어갔다. 한때 푸르렀을 나무들은 분초에 휘감겨 대부분 샛노랗게 시들어 있었다. 마치 분초가 식물들의 영양분을 전부 빨아들인 것처럼 보였다. 저 멀리서 감시용 드론의 프로펠러 소리가 희미하게 들렸다.

달기 약수터 부근에 도착하자 재윤, 홍래, 주경은 긴장된 눈빛을 교환했다. 분명 이곳에서 히드노라를 마주쳤다. 주경이 크로우바 손잡이를 더 세게 쥐었다.

바스락……, 바스락…….

나무 뒤에서 희미한 소리가 들렸다. 앞장서서 걷고 있던 재윤이 뒤를 돌아봤다. 재윤의 이마에서 식은땀이 뚝 떨어졌다. 기분 나쁜 예감이 들었다.

"아무래도 괴물 같아."

세 사람도 동의한다는 듯 고개를 끄덕였다. 태풍의 눈 한가운데에 들어선 것만 같은 침묵이 흘렀다. 액션캠을 든 이룬의 손가락이 미세하게 떨렸다.

"으랴아아아—! 아아아—!"

나무 위에 숨어 있던 경찰 한 명이 재윤을 향해 뛰어내렸다. 작은 체구의 경찰은 진압봉을 거칠게 휘둘렀다. 진압봉이 나무에 퍽! 하고 부딪히며 그 부분만 깊게 패였다. 이를 본 재윤의 눈이 탁구공만큼 커졌다.

분노한 경찰이 다시 달려들었다. 경찰을 피하려던 재윤이 넘어지자 경찰은 재윤의 머리를 내려치려 진압봉을 높이 치켜들었다. 입가에는 광견병에 걸린 개처럼 침이 질질 흐르고 있었다.

"감히 어딜!"

퍽—!

주경이 크로우바를 경찰의 등에 내리쳤다. 경찰이 바닥에 맥없이 쓰러졌다.

"왜……, 왜 저러는 거야?!"

재윤이 놀라 소리쳤다. 주경이 거친 숨을 내쉬며 말했다.

"모르겠어? 저 포자가 사람들을 조종해."

아이들이 잠시 안도한 순간, 나무 뒤에 숨어 있던 다른 경찰들이 달려들었다. 모두 진압복과 헬멧 차림에 손에는 진압봉을 들고 있었다.

"입에 낀 거품 보여?"

홍래가 한 경찰의 진압봉을 능숙하게 피하며 말했다.

"응, 아까 마을에서 본 사람들이랑 비슷해."

주경도 자연스럽게 그 경찰의 손에 들린 진압봉을 발로 차 냈다. 경찰이 진압봉을 놓치자 홍래가 그 틈을 타 경찰의 얼굴을 향해 주먹을 날렸다.

그때 다른 경찰이 주경의 목에 헤드록을 걸었다. 주경은 자기보다 두 배는 큰 경찰을 상대로 부드러운 폼으로 엎어 치기를 성공했다.

또 다른 경찰은 재윤을 향해 진압 방패를 휘둘렀다. 재윤은 그를 피해 도망친 후, 거리를 벌리자마자 새총으로 경찰의 다리를 명중시켰다.

이룬은 치열한 전투를 종군 기자가 된 것처럼 열심히 촬영했다. 경찰 한 명이 이룬을 향해 테이저 건을 휘둘렀다. 당황한 이룬이 들고 있던 액션캠 연장봉을 경찰의 머리에 냅다 내리찍었다. 액션캠이 산산조각 났다.

"됐어, 집에 하나 더 있어."

네 사람은 가까스로 경찰들을 제압했다. 그러나 안심하기에는 아직 일렀다. 분홍색 안개 속에서 검은 실루엣이 또다시 하나둘 모습을 드러냈다. 그 숫자는 계속 늘어 곧 수십 명이 됐다.

"미친······."

주경이 아랫입술을 씹었다.

경찰들은 원형으로 아이들을 포위해 들어왔다. 아이들은 본능적으로 뒷걸음쳤다. 마침내 시로의 등이 맞닿았다. 그때 정화통 교체 시간을 알리도록 맞춰 놓은 휴대폰 타이머가 울렸다.

"이제 어쩌지? 정화통도 갈아야 하는데."

홍래가 방독면을 만지며 초조하게 말했다. 시간이 얼마 남지 않았다. 재윤도 마땅한 방법이 떠오르지 않았다. 경찰들이 진압봉을 높이 치켜들었다. 재윤이 고개를 흔들었다.

"끝났어……. 도저히 빠져나갈 방법이 없어."

방독면 너머 재윤의 눈이 촉촉히 젖어 갔다. 주경은 크로우바를 더 세게 움켜쥐었고, 홍래는 소방 도끼를 빼들었다. 이룬도 석궁을 꺼내 경찰들에게 겨누었지만, 경찰들은 목을 이리저리 뒤틀며 다가올 뿐이었다. 더 이상 희망은 없어 보였다.

두두두—.

하늘에서 엄청난 굉음이 울려 퍼졌다. 아이들도 경찰들도 전부 하늘을 쳐다봤다. 소리가 거세지더니 군용 헬리콥터가 모습을 드러냈다.

눈을 뜨기 힘들 정도로 강한 서치라이트가 지상을 비췄다. 경찰들은 그 빛이 무엇인지 모른 채 그저 멍하니 바라봤다. 회전하는 날개가 분홍빛 안개를 밀어냈다. 그러자 하나둘, 경찰들의 동공에 초점이 돌아왔다.

"……내가 왜 여기 있지?"

한 경찰이 중얼거렸다.

그 순간, 하늘에서 석유처럼 새까만 비가 쏟아졌다. 검은 비를 맞은 경찰들은 비명을 지르거나 기침을 했다. 소독약 같은 날카로운 냄새가 재윤의 코를 스쳤다.

"일단 여기서 벗어나야 해. 얼른 뛰어!"

주경의 외침에 아이들이 반사적으로 질주했다.

방독면을 쓰고 달리자니 숨을 쉬기 어려웠다. 재윤은 방독면을 벗기 위해 손을 올렸다. 그때 주경의 손이 재윤을 꽉 붙잡았다.

"절대 방독면 벗지 마! 저거…… 제초제야."

깜깜한 하늘 위를 십여 대의 군용 헬리콥터가 가로질렀다. 분초 박멸용으로 만들어진 제초제가 검게 쏟아졌다. 천명산에서 벌어진 모든 사태를 막기 위한 최종 병기, 데우스 엑스 마키나였다.

분초는 제초제에 닿자마자 빠르게 회색으로 변해 갔다. 마치 종이가 타듯 연기를 내며 서서히 사그라들었다. 방독면을 쓰고 있는데도 재윤의 목 안쪽이 따끔거렸다. 플라스틱을 태울 때처럼 목을 찌르는 지독한 냄새였다.

"저 건물로 들어가!"

홍래가 언덕 위의 산불 감시 초소를 가리키며 외쳤다. 아이들은 계단을 올라 좁은 초소 안으로 뛰어 들어갔다. 유리창 너머로 검은 비를 온몸으로 맞고 있는 경찰들이 보였다. 넷은 그저 지켜볼 수밖에 없었다.

"이건 아니야……."

재윤이 작게 중얼거렸다.

헬리콥터가 사라진 것을 확인한 뒤, 아이들은 터덜터덜 초소 밖으로 걸어 나왔다. 주변의 분초는 전부 타들어 갔다. 저 멀리서 경찰들의 기침 소리가 끊임없이 들려왔다.

"도와줘야 해."

주경이 힘없는 목소리로 말했다.

"그럴 시간 없어! 민하가 우릴 기다리고 있어."

홍래가 다급한 목소리로 대답했다.

"그럼 그냥 보고만 있어야 돼? 아무 죄 없는 사람들이 고통받고 있잖아."

주경이 반박했다. 여태 침묵하고 있던 이룬이 조용히 입을 열었다.

"지금 우린 저걸 못 막아. 할 수 있는 일부터 해야 해. 민하를 구하는 일 말이야."

잠시 침묵이 흘렀다. 주먹을 꽉 쥔 주경은 고개를 숙였다. 손이 파르르 떨렸다.

"그래……, 민하부터 구하자."

네 사람은 천천히 발걸음을 옮겼다. 타워가 어느새 코앞까지 다가와 있었다.

히드노라

아이들의 발걸음이 멈춰 섰다. 눈앞에 솟은 2002 타워는 분초에 완전히 잠식돼 있었다. 모든 조명이 꺼져 건물은 먹먹한 어둠에 휩싸여 있었다.

"저렇게 어두운 타워는 처음 봐."

주경이 작게 중얼거렸다.

이룬은 포스팅을 하기 위해 습관적으로 휴대폰을 켰다. 하지만 여전히 데이터가 잡히지 않았다. 손가락으로 화면을 여러 번 끌어내리며 새로 고침 했지만 소용없었다. 이룬이 입술을 꽉 깨물었다.

타워 주변은 텅 비어 있었다. 노란색 폴리스 라인이 바람에 흔들렸고, 길 한가운데에는 바리케이드가 넘어져 있었다. 헬기의 프로펠러 소리만 간간히 들려올 뿐이었다.

"다시 돌아왔네."

재윤의 눈동자가 촉촉이 빛났다. 홍래가 재윤을 바라봤다. 홍래도 재윤과 같은 생각을 하고 있었다. 재윤이 크플로를 잃어버린 그날을. 재윤이 소룽이를 잃어버리지 않았다면, 오늘 이렇게 폐허가 된 타워 앞에 서 있지는 않았을 거다.

끼끼긱―!

타워 안에서 소름 끼치는 소리가 들려왔다. 콘크리트에 금이 가는 소리였다.

"어서 들어가자."

주경이 말했다. 아이들의 시선이 모두 타워로 향했다. 한때 용원시의 자랑거리였던 2002 타워는 곧 넘어질 것처럼 기울어져 있었다. 피사의 사탑과는 비교가 되지 않을 정도였다. 타워를 휘감은 분초 사이로 거미줄 같은 균열이 보였다.

이번에는 건물 깊은 곳에서 무언가가 부러지는 소리가 들렸다. 긴장한 눈빛을 교환한 아이들은 입구를 향해 걸어갔다. 홍래가 온 힘을 다해 입구의 레버를 열려고 했지만, 무슨 수를 써도 열리지 않았다.

"비켜."

주경의 손에 들린 크로우바가 번쩍였다.

쨍그랑―!

유리창이 산산조각 났다. 문 옆에 달린 오렌지색 경보등이 울렸다. 주경은 전혀 아랑곳하지 않고 깨진 유리 틈으로 팔을 뻗어 손잡이를 돌렸다.

"세콤이 여기까지 퍽이나 오겠다."

주경의 발이 문을 걷어찼다. 쾅! 소리와 함께 천장에서 하얀 가루가 우수수 떨어졌다.

실내로 들어온 아이들은 전부 방독면을 벗어던졌다. 갑갑함에서 해방된 아이들이 신선한 산소를 크게 들이마셨다.

"하……, 살 것 같다."

재윤의 얼굴에서 땀이 뚝뚝 떨어졌다.

"사람들이 살아 있는데…… 어떻게 제초제를…….''

주경의 목소리에서 고요한 분노가 느껴졌다. 홍래가 숨이 찬 듯 바닥에 침을 뱉었다.

"고유이는 원래 그런 사람이야. 우리가 너무 쉽게 믿었던 거야."

손전등에서 나온 네 개의 빛줄기가 적막한 공간을 이리저리 비췄다. 한 빛줄기가 기념품 가게의 원숭이 인형에 닿았다. 옆에는 용원시 마스코트 인형과 각종 굿즈도 전시돼 있었는데, 그 위로 분홍빛 포자가 뽀얗게 쌓여 있었다.

다른 손전등은 올리브영 간판을 비췄다. 간판 위로 분홍빛 덩굴이 휘감겨 있었다. 네 사람은 통유리가 깨진 올리브영 매장 안으로 들어섰다.

히드노라 209

"으……, 최악이야."

주경이 코를 막았다. 올리브영 특유의 화장품 향기가 음식물 쓰레기 냄새와 뒤섞여 났다.

넷은 천천히 매장 내부를 둘러봤다. 히드노라가 한바탕 소란을 일으킨 듯, 매장 안은 엉망이었다. 깨진 화장품 병이 여기저기 흩어져 있었고 분초가 진열대를 타고 천장까지 자라 있었다.

"으앗!"

재윤이 바닥에 쏟아진 보디로션을 밟아 넘어질 뻔했다. 다행히 주경이 재윤의 팔을 잡았다.

이룬의 손전등이 향수 코너를 비췄다. 다른 곳과 달리 향수 코너는 히드노라가 손끝 하나 건드리지 않아 깔끔한 상태였다. 심지어 분초도 자라 있지 않았다.

이룬은 향수들을 유심히 쳐다봤다.

"끌로에네."

그러고는 향수 하나를 집어 들어 손목과 목에 뿌렸다. 프리지아 향이 공기 중에 번졌다. 이룬은 그 향수병을 주머니에 쏙 집어넣었다. 그 모습을 본 재윤의 눈썹이 위로 올라갔다.

"최이룬, 그거 도둑질이거든? 다시 제자리에 갖다 놔."

"왜? 필요해서 챙기는 거야."

이룬이 코를 찡그리며 반문했다.

"어제 레딧(Reddit)에서 봤는데, 유명한 식물학 교수가 분초는 향수를 싫어한대. 어려운 말이라서 잘 이해는 안 됐는데 향수가 분초에 억제 작용을 한다나? 알코올이 무슨 막을 파괴한다나? 그런 느낌의 이야기였어." 이룬은 목에 향수를 더 뿌리며 말했다.
"한번 시도해 볼 만하잖아?"
"온라인 커뮤니티에 올라온 말을 어떻게 다 믿냐?"
재윤이 반박했다.
"믿든 말든 네 자유지만, 이것 봐." 이룬이 향수 코너를 가리켰다. "얘네만 무사하다고! 여기만 분초가 안 자랐어. 그리고 이거라도 좀 뿌려야 땀 냄새를 지울 수 있지 않겠어? 난 냄새에 민감하다고. 그러니까 너희도 하나씩 챙겨."
그러더니 향수를 한 움큼 집어 백팩 안에 넣었다.
"에이……, 말도 안 돼."
재윤이 헛웃음을 지었다.
"그래도 혹시 모르니까 챙겨 가자."
주경도 이룬을 따라 향수를 파우치에 집어넣었다.
"그래, 긴급 상황이잖아."
홍래도 남자 향수를 여러 개 챙겼다. 세 사람은 향수 코너를 지나쳐 출구를 향해 걸어갔다. 홀로 남은 재윤이 향수를 한 병 집어 들었다.
'이건 도둑질이야…….'
재윤은 잠시 망설이다가 결국 향수를 내려놓았다.

네 사람의 발걸음이 에스컬레이터로 향했다. 주경이 에스컬레이터 앞에 서자 조명이 들어오며 계단이 서서히 움직였다. 주경의 눈이 휘둥그레졌다.

"완전히 전기가 나간 건 아닌가 봐."

정전된 1층과 달리 2층은 불빛이 실내를 밝히고 있었다. 그러나 아이들은 이 때문에 되레 무언가가 있을지도 모른다는 섬뜩한 생각이 들었다.

"이렇게 순조로우면 꼭 나쁜 일이 생기더라."

이룬이 나지막하게 중얼거렸다.

2층에는 아이스 링크와 푸드 코트가 있다. 복도에서 달콤함과 역함이 섞인 지독한 냄새가 났다. 더운 날씨에 식자재들이 빨리 부패한 듯했다. 네 사람은 3층으로 향하는 에스컬레이터 쪽으로 걸었다.

쿵.

바로 위층에서 발걸음 소리가 들렸다. 아이들의 눈이 올빼미처럼 커졌다.

쿵! 쿵!

사람의 발소리라기엔 지나치게 컸다. 아이들이 아는 한, 이렇게 큰 걸음 소리를 낼 수 있는 존재는 하나뿐이었다.

"쉿……."

앞장선 재윤이 뒤돌아보며 입술에 손가락을 댔다. 움직임을 멈춘 아이들이 손으로 입을 막았다.

'비상계단……'

홍래가 눈짓으로 아이스 링크를 가리켰다. 비상계단으로 가려면 아이스 링크 대기실을 통과해야만 한다. 네 사람은 발끝으로 살금살금 걸어갔다.

아이스 링크 대기실에 들어서자 갑작스러운 한기가 아이들을 맞이했다.

"……추워."

이룬이 떨리는 목소리로 말했다. 홍래의 시선이 빙판으로 향했다. 아이스 링크 표면이 하얀 조명 아래 차갑게 반짝였다.

"아직 냉각 시스템이 돌아가나 봐. 전기세 많이 나오겠다."

홍래가 꽝꽝 언 아이스 링크를 보며 말했다. 분초는 아이스 링크 주변에서 뚝 끊겨 있었다. 아이스 링크 위에는 스케이트와 헬멧이 굴러다녔다. 어제의 긴박한 상황을 짐작할 수 있었다. 도망친 사람들 가운데에는 히드노라의 먹이가 된 사람도 있을 것이다. 한쪽에서 정빙기가 무거운 침묵을 지키고 있었다.

"민하야……"

재윤은 스케이트에서 눈을 떼지 못했다.

뽀뽀뽀 ! 뽀뽀! 뿌뿌!

갑작스러운 소리에 재윤은 심장이 멎는 줄 알았다. 잠에서 깬 호빵이가 부부젤라처럼 시끄럽게 울어 댔다.

"호빵아, 제발 조용히 해! 괴물 쫓아온단 말이야!"

재윤이 호빵이의 표면을 꼬집었다. 하지만 경고음은 더 커지기만 했다.

사실 호빵이는 아무 잘못도 없었다. 히드노라는 아이들이 아이스 링크에 있다는 것을 감지했다. 분초와 히드노라는 신경망처럼 연결되어 있어 아이들이 분초에 스칠 때마다 분초가 아이들의 발소리, 숨소리 등을 감지해 히드노라에게 전달하고 있었던 것이다. 타워는 히드노라의 뱃속과 마찬가지였다. 그 사실을 알고 있던 호빵이는 다가올 위협을 미리 경고한 것뿐이었다.

마침내 호빵이의 울음소리가 멎었다.

"휴……."

재윤이 안도의 한숨을 뱉었다. 아이들이 흔들리는 눈빛으로 서로를 살폈다.

쾅! 쾅!

거대한 철구가 콘크리트를 내리치는 듯한 소리가 대기실을 뒤흔들었다. 벽면에 강화 유리가 갈라지듯 균열이 퍼져 나갔다. 아이들의 동공이 확장됐다.

쾅 소리가 한 번 더 나며 벽이 무너졌다. 시멘트 구름 속에서 히드노라의 실루엣이 떠올랐다. 괴물은 몸을 숙여 바퀴벌레처럼 민첩하게 대기실 안으로 들어왔다.

히드노라가 털이 난 입술을 벌리며 포효했다. 썩은 고기 냄새가 재윤의 콧속으로 밀려왔다. 아이들은 얼른 아이스 링크 방향으로 뛰어갔다.

"향수 더 가져올 걸 그랬나 봐."

이룬이 코를 쥐며 말했다.

그 순간, 히드노라의 팔이 고무줄처럼 길게 늘어나 홍래의 얼굴을 스쳤다. 홍래의 얼굴에 붉은 선이 그어졌다. 만져 보니 뜨끈한 피가 흐르고 있었다.

이번엔 재윤이었다. 히드노라는 다시 팔을 늘려 재윤의 다리를 낚아챘다. 그러고는 입을 크게 벌리고 재윤을 끌어당겼다.

"으아아아악—!"

재윤이 끌려가며 비명을 질렀다.

홍래가 대기실 한구석에 있는 소화기를 집어 들어 안전핀을 뽑고 히드노라의 입에 소화기를 분사했다. 소화기 분말을 맞은 괴물은 기침했고, 홍래는 그 틈을 타 곧바로 괴물의 입안에 소화기를 내던졌다. 히드노라가 재윤을 놓치자 홍래는 재윤의 팔을 잡고 재빠르게 도망갔다.

"어서 아이스 링크 위로 올라가!"

홍래가 외쳤다. 아이들은 미끄러운 빙판 위로 뛰어들었다.

쨍그랑—!

히드노라도 통유리를 깨고 빙판 위로 뛰어들어 아이들의 뒤를 쫓으려 했지만, 빙판 위에서 균형을 잃고 휘청거렸다.

주경이 히드노라를 보며 씨익 웃더니 이문과 눈을 마주쳤다.

"오랜만에 실력 발휘 좀 해 볼까."

그러고는 빙판 위를 굴러다니는 스케이트 한 켤레를 집어 재빨리 갈아 신었다. 이문도 휴대폰을 바닥에 내려놓고 스케이트를 신었다.

주경과 이문의 스케이트 날이 날카로운 소리를 내기 시작했다. 히드노라는 빙판 위를 가로지르는 두 사람을 (비록 눈은 없지만) 노려본 뒤 뒤쫓기 시작했다. 하지만 여전히 중심을 잡지 못하고 휘청일 따름이었다. 주경은 히드노라를 보며 한쪽 입꼬리를 올렸다.

"옛날 생각나지?"

"응, 엄마가 강제로 레슨 보낼 땐 정말 짜증 났는데."

이문이 쓴웃음을 지으며 말했다.

두 사람이 히드노라를 유인하는 동안 홍래는 백팩에서 빨간색 휘발유 통을 꺼내 농약 분무기에 휘발유를 콸콸 쏟아 부었다.

낮에 네 사람은 히드노라와 마주치면 어떻게 대응할까 고민하다가 결국 불에 태우기로 했다. 하지만 송전탑 근처가 아닌 2002 타워에서 마주친 지금, 계획은 이미 한참 틀어져 버렸다.

주경과 이문이 괴물의 다리 사이를 빠르게 스쳐 지나갔다. 히드노라의 스텝이 꼬였다.

쿵—!

빙판에 육중한 몸이 쓰러졌다. 충격을 받은 빙판 위로 커다란

금이 그어졌다. 움직임을 멈춘 괴물은 추욱 늘어져 있었다.

"재윤! 지금이야!"

주경이 재윤을 바라보며 외쳤다. 분무기를 멘 채 빙판을 비틀거리며 걸어 괴물에게 접근한 재윤이 휘발유를 분사했다. 휘발유 특유의 날카롭고 달큰한 냄새가 코끝을 찔렀다.

"라이터!"

재윤이 외쳤다. 홍래가 급하게 주머니에서 라이터를 꺼내 재윤에게 던졌다. 라이터는 재윤에게 닿을 듯 말 듯한 거리에 떨어졌다. 재윤은 라이터 쪽으로 몸을 쭉 기울였다.

그때였다. 의식을 찾은 히드노라가 팔을 고무줄처럼 늘려 재윤의 발을 낚아챘다. 그러고는 소용돌이 같은 거대한 입을 벌리고 넘어진 재윤을 끌어당겼다.

그 모습을 본 주경이 빙판을 가르며 재윤에게 달려가 재윤의 양팔을 세게 당겼다.

"이렇게는 못 죽어!"

재윤이 남은 발로 히드노라의 입을 세게 걷어찼다. 하지만 괴물은 비명을 지르면서도 재윤을 결코 놓치지 않았다.

홍래가 재빠르게 정빙기에 올라탔다. 시트에 앉은 홍래의 시선이 히드노라에게로 향했다. 시동을 걸자 엔진이 요란한 소리를 냈다.

"내가 갈게!"

정빙기가 덜컹덜컹 소리를 내며 괴물 쪽으로 말 그대로 기어갔다. 속도계의 바늘이 시속 5킬로미터를 가리켰다.
"달팽이보다 더 느리잖아!"
당황한 홍래가 이룬을 바라봤다.
"이룬아, 석궁 꺼내!"
홍래는 정빙기를 괴물 쪽으로 향하게 한 다음 뛰어내렸다. 정빙기는 빙판 위에 궤적을 남기며 느릿하게 움직였다. 그리고 괴물의 몸통과 툭 부딪혔다. 괴물이 의아하다는 듯 정빙기 쪽으로 고개를 돌렸다.
"정빙기 뒤 가스통을 명중시켜!"
홍래의 외침이 아이스 링크 전체에 울려 퍼졌다. 항상 냉정한 이룬의 손이 떨렸다. 이룬은 석궁에 볼트를 장전한 뒤 눈을 가늘게 떠 가스통을 조준했다. 손가락이 방아쇠를 당겼다.
쉬익―!
하지만 비껴 났다. 볼트는 히드노라의 입 근처에 꽂혔다.
괴물이 비명을 질렀다. 달큰한 썩은 내가 퍼져 나가며 재윤의 발을 쥐고 있던 손이 풀렸다. 홍래와 주경은 얼른 재윤을 빙판 밖으로 끌어냈다.
"아……, 씨."
이룬의 입에서 반쪽짜리 욕설이 새어 나왔다. 그러고는 다시 볼트를 장전했다. 가스통을 조준한 다음 호흡을 멈췄다. 흐트러진 머리카락 사이로 땀방울이 맺혔다.

이룬이 방아쇠를 당기자 볼트가 완벽한 포물선을 그리며 날아갔다. 볼트는 가스통의 연결 밸브를 관통했다. 일 초의 정적. 눈부신 섬광과 함께 천둥 같은 폭발음이 강철을 찢는 소리와 뒤섞여 귓속을 파고들었다.

히드노라의 옆구리가 산산조각 났고, 뜨거운 열기가 빙판에 번져 나왔다. 휘발유에 젖은 괴물의 몸은 순식간에 불길에 휩싸였다. 검은 연기가 천장을 향해 치솟고, 불꽃 속 괴물의 형체가 타오르며 무너져 내렸다.

아이들은 뜨거운 열기를 뒤로한 채 숨을 몰아쉬며 계단 쪽으로 내달렸다.

비상계단

괴물과의 혈투에 지친 아이들은 타워 4층의 스타벅스에서 쉬고 있었다. 이룬은 그 와중에 바닥에 뒹굴고 있는 텀블러, 머그잔, 곰 인형을 백팩에 주워 담았다.

"최이룬, 그만 챙겨."

재윤이 미간을 찌푸렸다. 이룬이 미니 리프 파이를 한 입 베어 물고 말했다.

"게임에서 최종 보스를 죽이면 보물이 나오잖아?" 그러면서 진흙투성이 텀블러를 재윤 눈앞에서 흔들었다. "그리고 이거 어차피 쓰레기야. 대체 누가 사겠어? 나 지금 환경 보호 하는 중이거든?"

"그레타 툰베리 납셨네."

재윤이 어이없이 웃었다. 이룬은 파우치에서 작은 파란 향수병 하나를 꺼내 재윤에게 던졌다.

"이거 가져. 불가리야. 아까 아무것도 안 챙겼잖아. 이게 있어야 분초를 피할 수 있어."

재윤은 망설이다가 향수를 받아 주머니에 넣었다. 손끝이 살짝 떨렸다.

"결국 나도 공범이 되는구나."

"민하를 구하기 위한 도구를 가진 거지."

이룬이 재윤의 눈을 바라보더니 곧 입꼬리를 올렸다. 재윤은 자신도 모르게 시선을 피했다. 처음 본 이룬의 미소 때문에 얼굴이 붉어진 건 아닐까 걱정됐다.

홍래가 먼저 엘리베이터 앞에 서 있었다.

"어서 가자!"

홍래의 외침에 나머지 아이들이 다가갔다. 홍래가 안내판을 가리켰다.

"전망대까지 비상계단으로 올라가야 해. 4층부터 82층은 전부 탑신이야. 전망대는 84층이고."

재윤이 안내판을 보니 탑신으로 통하는 길은 엘리베이터 두 대와 비상계단뿐이었다.

"엘리베이터 타고 올라가면 안 되나?"

재윤이 물었다.

"안 돼." 주경이 단호하게 고개를 저었다. "언제 이 타워가 무너질 줄도 모르는데……. 그러다가 엘리베이터 안에 갇히기라도 하면 우린 다 같이 생매장이야."

"84층? 차라리 아까 괴물이 낫지."

이룬이 불만스러운 듯 툴툴거렸다. 하지만 결국 아이들은 전망대로 향하는 비상계단으로 발길을 돌렸다.

비상계단은 무척 어두웠다. 녹색 비상구 표지판이 불규칙하게 깜빡였다. 재윤이 계단 난간 밖으로 목을 내밀어 위를 바라봤다. 나선형 계단이 위로 끝없이 이어져 있었다.

"내가 먼저 갈게."

주경이 앞장섰다.

아이들은 계단을 걸어 올랐다. 계단은 분초 때문에 숨 막힐 만큼 좁았다. 재윤이 벽을 짚었다가 차갑고 끈적한 느낌에 깜짝 놀라 손을 뗐다. 벽이 아니라 분초였다. 분홍색, 빨간색, 진보라색 분초가 계단과 벽에 송송 자라 있었다. 비상계단이 피를 흘리는 것만 같았다. 땀에 젖은 재윤 목덜미의 솜털이 바싹 곤두섰다.

스무 층쯤 올랐을 때 주경이 갑자기 걸음을 멈췄다.

"조심해. 여기서부터 탑이 휘어지니까."

분홍색 식물이 저층에 비해 더 굵게 자라나 있었다. 얼마나 빠른 속도로 자라는지 줄기가 뱀처럼 꿈틀거리는 것이 맨눈으로 보일 정도였다.

"으, 징그러워."

휴대폰으로 촬영 중이던 이룬이 숨을 삼켰다.

계단은 점점 기울다가 곧 미끄럼틀처럼 경사가 급격해졌다.

"으윽!"

재윤의 발아래가 텅 비어 있었다. 다행히 재윤은 반사적으로 난간을 붙들었다.

무성하게 자란 분초 때문에 전망대로 가는 길이 점점 좁아졌다. 나중에는 게처럼 옆으로 움직여야 겨우 통과할 정도였다.

"내가 앞장설게."

홍래가 마체테로 분초를 베어 냈다. 처음에는 수월했다. 하지만 분초가 자라나는 속도가 더 빨랐다. 줄기 하나를 베면 둘이 돋아났다.

"아아아아악!"

갑자기 분초 줄기 하나가 재윤의 발을 휘감았다. 재윤은 다시 계단 난간을 붙잡았다. 식물은 재윤의 허리와 팔을 휘감기 시작했다.

"살려 줘!"

재윤이 외치며 주변을 둘러봤다. 홍래와 주경도 분초에 서서히 몸이 덮이고 있었다. 홍래는 마체테를, 주경은 크로우바를 휘둘러서 식물을 떼어 내려고 했다. 그러나 그럴수록 식물은 아이들을 더욱 강하게 조여 왔다. 마치 늪에 빠진 것 같았다.

줄기가 목을 죄어 오자 재윤은 이대로 숨이 끊길 것만 같았다. 송전탑에 매달려 있던 시신이 떠올랐다. 나도 그렇게 죽는 걸까?

"모재윤!"

유리가 깨지는 소리와 함께 차가운 액체가 재윤의 얼굴과 목을 덮쳤다. 짙은 머스크 냄새가 코를 찔렀다. 분초 줄기가 움찔거리며 재윤의 몸에서 물러났다. 재윤 바로 앞에 이룬이 서 있었다. 재윤을 구하기 위해 향수를 던진 것이다.

"이게 진짜 통하네?"

이룬도 놀란 듯 눈이 커져 있었다.

"알코올 때문인지, 향료 때문인지……. 어쨌든 통했어!"

이룬은 망설임 없이 주경에게 향수병을 던졌다.

"모재윤, 너도 해!"

재윤도 주머니에서 파란색 향수를 꺼내 홍래를 휘감은 분홍색 줄기를 향해 던졌다. 향수가 닿자 식물은 홍래의 몸을 꽉 죄던 줄기를 풀었다. 홍래는 바닥에 엎드려 거칠게 기침했다.

쓰러졌던 주경도 분초에서 벗어나 몸을 일으키고 있었다. 재윤이 들뜬 목소리로 말했다.

"최이룬, 네 말이 맞았어! 향수의 에탄올 성분이 식물의 수분을 빼앗아 시들게 하는 것 같아. 반쯤은 내 추측이지만."

"봐, 효과 있다니까? 그냥 훔친 거 아니야."

"그런 것치고는 비싼 것만 가져오던데."

"크흠, 그래야 잘 듣지. 싸구려는 안 통해."

이룬이 민망한 듯 헛기침했다.

네 사람은 마침내 84층 전망대와 통하는 철문 앞에 섰다. 비상구라고 적힌 녹색 표지등 유리가 반쯤 깨진 채 점멸하고 있었다. 재윤이 철문 손잡이를 잡아 천천히 돌렸다.
　반쯤 열린 문 너머로 살아 있는 무언가가 꿈틀거리는 소리가 났다. 사람 소리는 아니었다.

책임

  아이들의 얼굴이 새하얗게 질렸다. 분홍빛 덩굴에 사람 수십 명이 감싸인 채 뒤틀려 있었다. 마치 오래된 딸기 맛 껌에 달라붙은 벌레처럼. 절반은 거꾸로 매달려 있었는데, 똑바로든 거꾸로든 끔찍한 건 매한가지였다.

  홍래가 가장 가까이 있는 남자에게 달려갔다. 덩굴을 치우니 남자의 얼굴이 드러났다. 네이비색 제복을 입은 경찰이었다. 홍래는 경찰의 콧등 아래에 손을 댔다.

  "숨 쉬고 있어!"

  홍래의 눈가가 촉촉해졌다. 이문과 주경도 다른 생존자를 확인했다.

  "이 사람도 살아 있어! 의식은 없지만."

  "여기도!"

반면 재윤은 한 남자 앞에 말문이 막힌 채 멍하니 서 있었다. 재윤의 어깨가 미세하게 들썩였다. 남자의 입은 살짝 벌어져 있었고, 눈은 반쯤 감겨 있었다. 덩굴 사이로 노란색 천이 살짝 비쳤다. 재윤은 영동구청이라는 단어를 인식하는 데 약간의 시간이 걸렸다.

"무슨 일이야?"

홍래가 조심스레 물었다.

"그게……"

재윤의 말끝이 이상하리만치 기어들어 갔다.

"죽었어."

아무 초점 없는 남자의 눈동자. 재윤이 죽은 사람을 이렇게 가까이에서 보는 건 난생처음이었다.

세 사람이 재윤에게 다가갔다.

"괜찮아?"

홍래가 물었다.

재윤은 쉽게 입을 떼지 못했다.

"……민하도 죽어 있으면?"

재윤의 입술이 부르르 떨렸다. 그리고 똑. 볼을 타고 눈물이 흘렀다.

그때, 주경이 재윤의 얼굴에 주먹을 날렸다. 재윤은 뺨이 얼얼해진 채 주경을 바라봤다.

"울 시간 없어." 주경은 숨을 몰아쉬며 말했다. "……나도 무섭단 말이야."

주경의 얼굴도 공포로 얼어 있었다. 주경의 펀치에 재윤의 머릿속이 빠르게 차가워졌다.

"일단 민하부터 찾아야 해. 타워가 무너지기 전에."

홍래가 차분한 목소리로 말했다.

아이들은 분초에 묶인 사람들의 얼굴을 한 명씩 들여다봤다. 싸늘하게 식은 얼굴을 마주할 때마다 아이들은 놀란 가슴을 쓸어내려야 했다. 하지만 이내 익숙해져, 재윤도 점차 덜 놀랐다.

끼기긱―.

건물이 굉음을 내며 기울어졌다. 몸이 흔들렸지만 아이들은 동시에 창밖으로 고개를 돌렸다. 지평선도 타워와 함께 기울고 있었다.

"오래 못 버틸 것 같아! 민하부터 찾자!"

재윤의 외침에 아이들의 움직임이 더 분주해졌다.

"민하야! 김민하!"

민하의 이름을 부르는 소리가 공간을 가득 채웠다.

온 사방을 뒤졌지만 민하는 어디에도 보이지 않았다.

"여기 없는 거 아니야?"

홍래가 물었다.

"아니야, 분명 여기 있을 거야!"

주경이 간절한 목소리로 말했다.

재윤이 아직 뒤지지 않은 유일한 곳, 구석의 전망대 카페로 달려갔다. 바 카운터 뒤편으로 몸을 숙이자 수북하게 자란 분초들 사이로 인간의 형체가 희미하게 드러나 있었다.

재윤은 끈적끈적한 분초를 손으로 헤쳤다. 곧 익숙한 둥근 얼굴이 드러났다. 민하였다.

재윤이 손을 떨며 주머니칼을 꺼냈다.

"제발……."

잘려 나간 줄기가 바닥에 뚝뚝 떨어졌다. 재윤은 자유로워진 민하를 바닥에 눕혔다.

"민하……, 민하야!"

그러고는 민하의 몸을 흔들었다. 축 늘어진 몸은 조금의 움직임도 없었다. 재윤은 민하의 통통한 볼 위에 이마를 살짝 붙였다. 옅은 숨결이 느껴졌다.

"미안해. 정말 미안해."

민하가 울먹이며 도망치던 모습이 떠올랐다.

"……으응."

민하가 천천히 눈을 떴다.

"민하야!"

재윤이 민하를 와락 껴안았다. 그 소리에 홍래도 달려왔다.

"김민하!"

어느새 주경과 이룬까지 민하 곁으로 다가와 있었다.

홍래는 민하의 갈비뼈가 부서질 정도로 세게 껴안았다. 주경은 민하를 보며 웃었고, 이룬은 그 장면을 휴대폰으로 담았다.

"모두 너 구하러 온 거야."

재윤이 생수를 건넸다. 민하는 생수를 벌컥벌컥 마셨다. 눈빛이 또렷해진 것이 의식도 제법 돌아온 것 같았다.

"……고마워."

"왜 혼자 전망대에 온 거야? 위험하잖아!"

홍래가 민하의 이마를 쓰다듬으며 말했다. 민하가 한숨을 쉰 뒤 작게 입을 열었다.

"……사람들을 구하려고."

"사람들을 구해?"

민하는 기침처럼 낮게 말했다.

"봤어. 뉴스에서 타워가 식물에…… 삼켜지는 걸. 그래서 송전탑에 올라갔는데……, 사람들이 다 죽어 있었어. 바로 경찰에 신고했고."

하지만 경찰의 반응은 미적지근했다고 했다. 그 말을 듣자 재윤은 소극적으로 굴던 지구대장의 얼굴이 떠올랐다. 흐릿한 인상이라 잘 기억나진 않았지만.

"송전탑도 이 모양이면 타워 안에도 당연히 사람이 있을 거라고 생각했어."

민하가 파르르 떨리는 손으로 생수통을 꽉 쥐었다.

민하는 타워에서 분초에 묶인 사람들을 구하려고 했지만, 혼자 힘만으로는 무리였다. 다시 신고하려고 했지만 전망대에서는 휴대폰 안테나가 잡히지 않았다. 개폐되는 창문조차 하나 없었고, 구조를 요청할 방법도 없었다. 결국 민하는 비상계단으로 탈출을 시도하다가 괴물과 정면으로 마주치고 말았다. 괴물에게 잡아먹힌 것이 민하의 마지막 기억이었다.

주경이 분초에 묶인 사람들을 둘러봤다.

"아마 히드노라가 인간을 삼킨 다음 여기나 송전탑에 보관한 거겠지. 민하도 그랬을 거고."

재윤이 민하의 눈을 지그시 바라보며 손을 꽉 붙잡았다.

"네가 살아 있어서…… 너무 다행이야."

민하가 고개를 툭 떨궜다.

"의식이 없는 동안 너희랑 과학실에서 노는 꿈을 꿨어. 근데 잠에서 깨니까 재윤이 네가 눈앞에 있는 거야. 난 여전히 꿈꾸는 줄 알았어."

민하는 한동안 고개를 들지 못했다. 재윤이 도라에몽 액세서리를 민하 손에 쥐어 줬다. 민하의 검은 눈에서 무언가가 반짝였다.

그런데 이문이 신경 쓰이는 게 있다는 듯 눈을 가늘게 떴다.

"잠깐! 분위기 깨서 미안한데, 아까 그 사태가 네 책임이라는 게 무슨 말이야?"

재윤이 조용히 입을 열었다.

"잠깐 카메라 꺼 줄 수 있어?"

이룬이 미간을 찡그리며 휴대폰을 집어넣었다.

"사실 주경이의 소룡이, 그러니까 크플로를 잃어버렸어. 지금 소룡이는 내가 아예 새로 키운 거야."

재윤이 민망한 얼굴로 말했다.

"역시 내 예상이 맞았군. 난 못 속여."

이룬이 작게 중얼거렸다.

재윤은 여태껏 주경과 이룬에게 숨겨 온 진실, 소룡이를 잃어버린 일, 소룡이를 다시 키우기 위한 실험들, 옥상에서 자라난 분초, 펫폿들을 송전탑에 유기한 일을 모두 실토했다.

"두 달 전 천명산에 가니 분초가 이미 자라고 있었어. 그땐 그냥 특이한 식물이라고 생각했지, 이렇게 위험한 식물일 거라고는 상상도 못 했어."

재윤의 눈동자는 갈 곳을 잃은 것처럼 보였다. 주경이 재윤을 차갑게 노려봤다.

"당장 신고했어야지. 그걸 무시해? 그리고 어떻게 내 소룡이를 잃어버린 걸 숨길 수 있어?"

"그래……, 내 책임이야." 재윤이 말끝을 흐렸다. "네 말대로 분초가 자란 건 내 탓이야. 새 소룡이를 키우기 위해 수많은 펫폿을 버렸어. 그 펫폿들이 복수를 하려고 저렇게 자라난 거야."

"미안해."

옆에 있던 홍래도 민망한 듯 옷소매를 꽉 잡았다.

"아니야, 내 책임이 더 커." 민하가 재윤의 말을 끊었다. "처음엔 그냥 한 번이었어. 희귀 펫폿을 피워 보려고……. 근데 실패할 때마다 또 사서 키우고, 또 버리고. 그때부터 펫폿이 식물이 아니라 게임 아이템처럼 보였어." 그러면서 바닥에 자라난 분초를 바라봤다. "천명산에 펫폿을 버릴 때마다 저 식물이 자라는 걸 봤어. 근데 다른 사람도 버리니까…… 상관없다고 생각했어."

민하의 말에 재윤과 홍래는 서로 시선을 피했다. 두 사람 또한 여태껏 자신의 책임을 애써 외면했다.

"예전부터 알고 있었어, 저 식물은 버려진 펫폿이 만들어 낸 일종의 돌연변이라는 걸. 하지만…… 일이 이렇게 커질 줄은 몰랐어. 그래서 타워가 식물에 점령당했다는 뉴스를 보고 더 이상 가만히 있을 수 없었어."

민하의 눈동자에는 깊은 죄책감이 어려 있었다. 줄곧 굳어 있던 주경의 표정이 조금 풀렸다.

"듣다 보니 너희 잘못만은 아니야. 나도 크플로를 키우기 위해서 얼마나 많은 펫폿을 버렸는지……." 주경이 말을 이어 갔다. "여태까지 수많은 사람이 천명산에 펫폿을 버렸잖아. 다른 사람들은 천명산이 분초로 덮이는 걸 보고 아무 행동도 하지 않았지만, 넌 최소한 이 사태를 수습하려고 했어. 그건 정말 훌륭한 거야. 잘못을 저지르고도 사과 하나 안 하는 사람이 얼마나 많은데."

주경의 말이 끝나자 민하가 어깨를 떨며 조용히 흐느끼기 시작했다.

"울지 마." 벽에 기댄 이문이 단호하게 말했다. "애새끼처럼 울음으로 도망치지 마. 책임질 건 책임져. 난 펫폿을 키운 적도 없고, 버린 적도 없어. 그러니까 이건 너희 책임이지 내 책임은 아니야."

그러고는 팔짱을 끼며 아이들을 노려봤다.

"다행히도 너희만 쓰레기인 건 아니야. 진짜 쓰레기는 따로 있어. 어른들은 다 알고 있었을 거야. 정부도, 회사도. 사람들이 펫폿을 버려야 또 사거든. 애초에 그렇게 만들어진 물건이야."

이문이 분초를 보며 씁쓸하게 웃었다.

"결국 쓰레기가 되지만, 계속 사게 만드는 거지. 사실 나도 그래. 옷이 넘쳐 나지만 지그재그에서 새 옷 보고 앉았다니까."

그 말에 주경이 고개를 끄덕였다.

"너희는 모두 자기 잘못을 깨닫고, 사람들을 구하려고 했어. 재윤이랑 홍래는 조금 늦었지만. 어쨌든 중요한 건 행동이야. 자책할 시간에 차라리 저기 묶여 있는 사람들을 구하는 게 어떨까?"

"그게 맞지."

이문이 맞장구를 쳤다.

우지끈—.

그 순간 탑신에서 무너지는 소리가 들렸다. 타워가 옆으로 섬

차 기울었다. 아이들은 당황해 주위를 둘러봤다.

"일단 사람들부터 구하자!"

주경이 외치자 이룬이 아이들에게 향수를 나눠 줬다.

"내가 이거 안 훔쳤으면 어쩔 뻔했어?"

"맞아."

재윤이 답했다.

아이들은 펫폿에 묶여 있는 사람들에게 달려가 향수를 뿌렸다. 향수가 닿자 사람들의 몸을 속박하던 분초 줄기가 맥없이 풀렸다. 홍래는 마체테를, 주경은 홍래에게 받은 소방 도끼를 이용해 사람들의 몸을 감고 있는 줄기를 잘라 내기도 했다.

분초에서 풀려 난 사람들은 긴 잠에서 깬 것처럼 빠르게 의식을 되찾았다. 대부분은 타워 직원이었다. 종종 경찰, 구청 공무원, 국토 안전 관리원 직원도 있었다. 타워를 조사하다가 히드노라에 붙잡힌 것이다.

그중 양복을 입은 한 중년 남성이 주변을 두리번거렸다. 그에게 다가간 재윤은 그의 얼굴을 보자마자 그 남자가 TV에서 자주 본 익숙한 인물임을 알아챘다.

"설마, 시장?"

재윤이 믿기지 않는 듯 말했다.

"……여긴 어디야? 분명 기자 회견을 하고 있었는데. 최 실장?"

주경의 말대로 히드노라는 인간을 그대로 먹은 게 아니라 다시 뱉어 내 송전탑이나 전망대에 보관해 뒀다. 물론 운이 없었다면 뱃속에서 그대로 소화됐겠지만.

"아저씨, 여기 실장 같은 건 없으니까 창문 깨는 거나 도와주세요."

주경이 강 시장의 팔을 잡아 전망대 창가로 끌고 갔다. 혼수상태에서 깨어난 수십 명이 창가에 서 있었다.

"위험하니 뒤로 물러나세요!"

가장 선두에 서 있는 홍래가 소리쳤다. 그러고는 소방 도끼로 전망대 통유리를 찍었다. 하지만 유리창은 끄떡없었다. 홍래는 더 세게 유리창을 찍었다.

유리가 쉽게 깨지지 않자 경찰관과 공무원 들이 전망대 한구석에 있는 테이블을 가져왔다. 홍래는 그들과 함께 테이블을 통유리에 던졌다.

쨍그랑―!

유리가 산산조각 났다. 거센 바람이 전망대 안으로 몰아쳐 사람들의 몸이 흔들렸다. 다행히 바람은 곧 잠잠해졌다.

전망대 밖, 용원시는 깊은 정적에 잠겨 있었다. 이 소란이 여기만의 일인 것처럼. 구름 잔뜩 낀 하늘 아래 헬리콥터가 제초제를 흩뿌리고 있었다. 엔진 소리만이 고요하게 들려왔다.

늘 그랬듯, 주경이 먼저 나섰다.

"각자 휴대폰 손전등을 켜시고 헬리콥디가 볼 수 있도록 높이

드세요."

재윤, 민하, 홍래, 이룬을 포함한 전망대에 있는 사람 모두가 휴대폰을 꺼내 들었다.

"소리도 질러야 하지 않을까요?"

한 여자가 주경에게 물었다. 주경이 입술을 깨물었다.

"들리면 좋을 텐데……, 너무 멀어요."

"그래도 하자. 안 하면 정말 끝이니까."

재윤의 말에 주경이 고개를 끄덕이고 의자 위에 올라갔다.

"하나, 둘, 셋 하면 '살려 줘!'라고 세 번 외치세요. 헬기에서 들을 수 있게요. 하나! 둘! 셋!"

그리고 제일 먼저 외쳤다.

"살려 줘!"

전망대 매표소 직원, 경찰관, 소방관, 청소 노동자까지 모든 사람이 한마음으로 헬리콥터를 향해 외쳤다. 심지어 호빵이까지 삐! 삐삐! 라며 소리를 질렀다.

"다시 한번 해 봐요. 저기 인천 앞바다에 들릴 정도로 소리를 질러 볼까요?"

주경의 말이 끝나자 사람들은 또다시 헬리콥터를 향해 목이 터져라 외쳤다. 그러자 헬리콥터 한 대가 제초제를 뿌리던 걸 멈추고 서치라이트를 타워 전망대를 향해 비췄다. 다른 헬기들도 방향을 틀어 타워 쪽으로 날아왔다.

강 시장은 열심히 구조 요청을 하는 주경에게 슬쩍 다가갔다.

"학생, 내가 탈출을 지휘했다고 말해도 될까?"

"네?"

주경이 황당한 듯 미간을 찌푸렸다.

그 순간, 강 시장의 발이 살짝 공중에 떴다. 홍래가 멱살을 잡은 것이다.

"시장님, 제발 닥치세요. 분초쌈이 되고 싶지 않으시면요."

홍래가 으르렁거렸다.

"나도 여기 있었잖아. 내 역할도 있었다고 해 줘. 시장인 내가 있다는 것만으로도 시민들은 안심했을 거야. 안 그래?"

강 시장은 식은땀을 뻘뻘 흘리며 말했다. 홍래는 강 시장을 바닥에 내던졌다.

"어서 구조 요청이나 하세요. 더 망신당하고 싶지 않으면요."

그 말을 들은 강 시장이 홍래를 죽일 듯이 노려봤다. 하지만 이룬이 시장에게 다가가 가만히 휴대폰을 들어 보였다. 화면에는 시장의 직전 행동이 생생히 찍혀 있었다.

"영상 제목은 '용원시장의 민낯'. 어때요? 아, 프로모션도 걸어야겠다."

이룬의 입은 웃고 있었지만, 눈빛은 차가웠다.

"미안해!" 강 시장이 방정맞게 앞으로 나서서 양팔을 흔들며 소리쳤다. "구조대! 저 여기 있어요! 용원시장입니다!"

홍래가 민하와 재윤의 어깨에 팔을 걸었다. 이룬과 주경도 손을 맞잡고 헬기가 날아오는 모습을 지켜봤다.

영원히 끝나지 않을 것 같았던 여름밤이 서서히 끝나 가고 있었다.

두 달 후

    살짝 노랗게 물든 플라타너스 잎이 흔들렸다. 여름의 뜨거운 열기는 어느덧 식고 선선한 바람이 불어왔다.

    재윤은 맥도날드 광대 옆에 앉아 호빵이를 쓰다듬으며 친구들을 기다리고 있었다. 호빵이는 여름 내내 햇볕에 그을려 주황빛 피자호빵으로 변했다.

    재윤은 빌딩 숲 뒤로 보이는 회색빛 천명산을 바라봤다. 사건 이후 천명산은 나무 뼈대만 앙상하게 드러난 민둥산이 됐다. 산을 뒤덮었던 분초는 제초제에 의해 모조리 말라 죽었다. 그나마 다행인 것은 천명산을 전부 소각하려던 정부의 작전이 인명 피해를 이유로 취소됐다는 것이다. 시민들은 대통령에게 조금이나마 남은 이성이 있었다며 안도의 한숨을 쉬었다.

    2002 타워의 잔해는 완전히 철거됐다. 두 달 전, 새윤 일행을 비

롯한 생존자들이 전부 탈출하자마자 타워는 곧바로 붕괴했다. 조금만 늦었으면 수십 명이 타워에서 생을 마감했을 것이다. 송전탑과 타워에 있던 시신들은 신원 확인 후 전부 유가족에게 인도됐다. 사고 이후 일주일간은 국가 애도 기간으로 지정됐다.

한 언론사를 통해 고유이 행정 안전부 차관이 천명산 사건의 은폐를 지시한 녹음 파일이 흘러나왔다. 파일이 녹음된 곳은 용원시의 한 지구대. 주경은 자신이 녹음한 게 아니라고 했지만, 재윤은 그때 주경이 스마트워치를 만지작거리던 걸 기억했다.

고 차관을 비롯해 경찰청장, 소방청장 등은 '천명산 사태'를 은폐하려 한 혐의(증거 인멸 교사, 허위 공문서 작성 등), 직무 유기 그리고 참사 예방 및 구조 조치 미흡(업무상 과실 치사·치상) 등의 이유로 기소됐다. 고 차관은 대통령이 천명산 사건을 은폐하라고 했다는 사실을 검찰에 모두 실토했다. 주경의 녹음 파일이 도화선이 되었다. 이는 고 차관의 인생에서 한 일 중 손에 꼽을 만큼 드물게 세상에 유익한 일이었다.

아이들이 만났던 무능한 지구대장은 직위에서 해제됐고, 강보민 용원시장은 주민 소환 투표가 발의돼 시장직을 유지하기 어려운 상황에 놓였다.

전 세계 사십여 개국에서 판매되던 펫풋은 전량 리콜됐다. 펫풋 측은 지난 2월 이후 판매된 기본형 씨앗이 변이를 일으켰다고 밝혔다. 분초가 자라는 원인은 아직 정확히 밝혀지지 않았지만,

기본형 씨앗에 삽입되는 유전자가 변형을 일으킨 것으로 추측되고 있다. 한때 코스피 시가 총액 이십 위 안에 들었던 펫폿은 최근 상장 폐지됐다.

끔찍한 사고를 겪은 지금도 용원 시민들은 일상으로 돌아오기 위해 애쓰고 있다. 하지만 모든 것이 끝난 건 아니다.

아이들이 약속한 장소에 하나둘 모습을 드러냈다. 주경은 여전히 학교 체육복 차림이었고, 홍래는 스쿠터를 타고 나타났다. 이룬은 크롭 티 위에 트랙 재킷을 걸치고 본더치 모자를 눌러써 Y2K 패션을 완성했다.

네 사람은 광대 동상 옆에 모여 이런저런 이야기를 나눴다. 이따금 웃음이 터져 나왔다. 행정 복지 센터 소속 소형 트럭 한 대가 그런 아이들 앞을 지나갔다. 앰프를 통해 기계적인 여성의 음성이 흘러나왔다.

"2월 이후 구매한 펫폿은 가까운 주민 센터나 구청에 자진 신고해 주십시오. 지금 신고하시면 행정 책임이 면제됩니다. 당신 곁의 펫폿이 히드노라가 될 수도 있습니다."

네 사람은 동시에 호빵이를 내려다봤다.

두 달 전, 재윤은 절벽에서 음료수 자판기에 맞을 뻔했다. 그때 호빵이는 대형 파라솔만큼 몸을 팽창시켜 자판기를 튕겨 내 재윤의 목숨을 구했다.

넷은 어색한 표정으로 눈을 마주치고는 재빨리 고개를 돌렸다. 재윤은 호빵이가 들어 있는 가방을 바짝 끌어당겼다.

"민하는 언제 와? 영화 시작 십 분 전이야!"

주경이 분위기를 바꾸려는 듯 말했다.

히드노라에게 납치된 사람들을 구한 재윤, 홍래, 민하, 주경, 이룬은 언론으로부터 엄청난 관심을 받았다. 그 가운데 슈퍼스타는 단연 사람을 구하기 위해 전망대로 제일 먼저 달려간 민하였다. 민하는 〈아침마당〉에 게스트로 출연하고, 얼마 전에는 보신각 제야의 종 행사의 타종 인사로 섭외 요청을 받기도 했다. 그 제안은 거절했지만.

"헉……, 헉, 늦어서, 미안해!"

벙거지와 선글라스를 쓴 민하가 급히 달려왔다. 하지만 워낙 체형이 눈에 띄는지라 얼굴을 가려도 알아보는 사람이 많았다.

"김민하, 요즘 유명해지더니 맨날 늦어."

이룬이 껌을 씹으며 말했다.

"맞아, 큰아빠가 한번 보자고 했는데 계속 피하고."

주경이 맞장구쳤다.

이룬과 주경은 최근 과학부에 가입했다. 이로써 과학부는 총 다섯 명이 됐다. 하지만 이름만 과학부일 뿐, 실제로는 다섯 녕이 모여서 과자와 홍차를 즐기는 다과부나 마찬가지였다. 이룬이 과학부에 들어오자 홍래는 이전보다 더 자주 과학실에 모습을 비췄다. 비록 짝사랑이지만, 사랑의 힘은 정말 놀라웠다.

다섯 사람은 얼마 전부터 천명산 사건의 유가족 그리고 제초제 피해를 본 경찰들을 위한 모금 활동을 시작했다. 일부 경찰은 제초제를 맞은 후 여드름, 탈모 등 피부 질환이 나타났다. 제초제 때문인지는 아직 확인되지 않았다.

"오늘 영화 보고 뭐 먹어?"

벌써 배가 고픈지 민하가 입맛을 쩝쩝 다시며 물었다. 홍래가 답했다.

"재윤이네에 갈 거야. 어머니께서 삼겹살 구워 주신대. 재윤이가 얼마 전에 옥상에서 상추랑 고추 수확했거든."

재윤은 호빵이를 제외하고 키우던 펫폿을 모두 반납했다. 그리고 다시 식덕으로 돌아갔다. 옥상에 방치했던 스티로폼 상자에 배양토를 채우고 고추, 상추, 토마토 등의 모종을 심었다. 벌써 상추와 고추를 수확할 시기가 다가왔다.

"엄마가 너희 온다니까 머리하러 가셨어. 잘 보여야 한다고."

재윤이 웃으며 말했다.

"야! 영화 시간 늦겠다. 얼른 가자."

주경이 휴대폰을 보며 말했다. 아이들은 영화관을 향해 빠르게 뛰어갔다.

작가의 말

『펫폿』은 2023년 가을부터 쓰기 시작해 그해 겨울에 완성한 소설이다. 그 전엔 전혀 다른 소재의 작품을 쓰고 있었는데, 비슷한 작품이 출간되어 결국 완전히 엎을 수밖에 없었다.

그러다 꽃집을 겸하는 한 카페에서 '식물이 자라나서 천장을 뚫는 광경'이 떠올랐고, 그 이미지가 『펫폿』의 출발점이 됐다. 처음부터 재난의 이미지에서 출발한 작품인 셈이다. 여기에 확률형 아이템 구조를 가진 식물이라는 설정을 덧붙였고, '포켓몬'이나 '다마고치' 같은 육성 시뮬레이션 게임에서도 아이디어를 가져왔다.

처음에는 식덕이었지만 점점 펫폿의 세계로 깊이 빠져들게 되는 재윤은 처음부터 자연스레 주인공으로 자리 잡았다. 그리고 덕후들이 대개 '소비'를 통해 정체성이나 관계성을 확인하는 경향을 생각하면, 새윤이 펫폿에 빠지는 것은 아주 자연스러운 일이라고 생각했다.

　소설에서 홍래와 민하, 재윤은 과학실을 본부처럼 사용하는데, 이 설정은 내 경험에서 온 거다. 초등학생 때 이름도 기억 안 나는 두 친구를 만나 매일같이 화산 폭발 실험을 한 적이 있다. 사실 불장난에 가까웠지만.

　액션 배우 지망생인 주경은 다른 소설에서 캐스팅된 인물이다. 원래는 더 제멋대로였는데, 막상 데려와 보니 생각보다 올바르고 정의로운 캐릭터가 됐다.

　이룬은 작품의 중반 이후 합류하는 친구다. 가장 제멋대로라서 오히려 대사를 쓰기 편했다. 아마 주경이 갖고 있던 안하무인한 면모가 이룬에게 옮겨 간 게 아닐까 싶다.

　또 이룬은 디지털 리터러시가 가장 뛰어난 인물로, 그 능력이 민하를 발견하는 데 결정적인 역할을 한다. 지금 청소년이 SNS 활용에 가장 능숙한 세대인 만큼, 그 능력을 주체적으로 활용하는 모습을 보여 주고 싶었다. 청소년의 SNS 규제는 올해 전 세계적인 이슈로 떠올랐지만, 그 논의에서 정작 당사자의 목소리가 지워지고 있다는 건 우려스럽다.

　고유이 행안부 차관은 원래 다른 작품에서 빌런으로 계획한 인물이다. 이번 작품에서 비중은 크지 않지만, 후반 분위기에 은근한 그림자를 드리우는 존재로 배치했다. 강보민 시장은 의도적으로 과시적인 인물로 설정했지만 고 차관과 VIP는 비겁하게 시스템 뒤에 숨어 모습을 드러내지 않는다. 『펫폿』은 장르물의 문법을 염두에 두고 썼으나, 권력자가 자신의 이익과 진영을 위해 음험하게 움직이는 모습은 결코 과장이 아니라고 생각한다.

핸슨은 이 작품에서 유일하게 아이들을 돕는 어른이다. 그래서 역설적으로 유일하게 어른이 되지 못한 존재다. 짧게 등장하지만, 개인적으로 가장 아끼는 캐릭터다.

『펫폿』은 처음으로 완성한 장편 소설이지만 오랫동안 초고와 크게 다르지 않은 상태로 남아 있었다. 다른 작품 작업 때문에 거의 일 년 가까이 묵혀 뒀고, 올해 초에 여러 차례의 다듬기를 거쳐 마침내 완성할 수 있었다.

또 이 소설은 많은 분의 도움으로 만들어졌다. 먼저 이 작품을 발견해 수상작으로 선정해 주신 심사 위원들, 차분하게 원고를 다듬어주신 전유진 과장님, 책의 얼굴을 그려 주신 이소영 작가님 그리고 한 권의 책을 위해 애써 주신 자음과모음의 직원분들께 깊이 감사드린다.

무엇보다도 다섯 친구의 모험에 함께해 주신 독자 여러분께 감사의 마음을 전한다.

2025년 겨울,
이은후

펫풋

ⓒ 이은후, 2025

초판 1쇄 인쇄일 | 2025년 12월 2일
초판 1쇄 발행일 | 2025년 12월 19일

지은이 | 이은후
펴낸이 | 정은영
편　집 | 전유진 김수진 임종현
디자인 | 서은영
마케팅 | 이언영 연병선 임동렬 임병천 이경민
IP 기획 | 신은혜 김현영
제　작 | 홍동근

펴낸곳 | (주)자음과모음
출판등록 | 2001년 11월 28일 제2001-000259호
주　소 | 10881 경기도 파주시 회동길 325-20
전　화 | 편집부 (02)324-2347, 경영지원부 (02)325-6047
팩　스 | 편집부 (02)324-2348, 경영지원부 (02)2648-1311
이메일 | jamoteen@jamobook.com

ISBN 978-89-544-7339-2 (43810)

잘못된 책은 구입한 곳에서 교환해 드립니다.
이 책의 판권은 지은이와 (주)자음과모음에 있습니다.
책 내용의 전부 또는 일부를 사용하려면 반드시 양측의 동의를 받아야 합니다.